高木　和子

女から詠む歌

源氏物語の贈答歌

青簡舎

目次

＊『源氏物語』その他の底本には、原則として小学館新編日本古典文学全集を用いたが、私意により一部表記を改めたところがある。

第Ⅰ部　代作歌の方法

第一章　光源氏の女君の最初の歌

はじめに

『源氏物語』の和歌を論じる際、藤壺の和歌、紫の上の和歌、浮舟の和歌といった具合に、個々の作中人物の和歌に注目することで、その人物の特性を考えようとする類いの議論がある。たしかに、ある人物が特定の連想のもとにある表現を詠み続ける場合もあるから、(1)そうした方法が有効な場合もあろう。

かといって、物語の和歌は、その人物の造型との関係だけで論じられるわけではない。物語の和歌は、「作中人物」の産物であると同時に、それを取捨選択して語りなす「語り手」の産物でもあり、ひいては物語の「作者」の産物でもあるからである。だとすれば、物語の和歌を考える際には、物語の展開との関連で考えることや、複数の人物の和歌を横断的に俯瞰することも、時には必要であろう。

そこで試みに、光源氏と女君たちの間で交わされる最初の贈答歌がどのように描出されているか、そのやりとりの形に注目してみたいのである。光源氏と女君との関係が、それぞれどのように独自的であり、差異化されているか、多様な視点から考察することは、この物語を考える上での根幹的課題であろう。(2) 光源氏と女君の最初の贈答歌に注目することで、これまでの個別の女君の造型論を踏まえつつも、それを超えて、光源氏と女君との関係を総体的に捉えるための一つの提案ができればと考える。

一　近親者が代作する女君――紫の上・末摘花・明石の君

まずは、光源氏の贈歌に対して当初は女君自身が返歌をしない場合、すなわち、紫の上、末摘花、明石の君を取り上げたい。

光源氏は京の北山に病の治療に出かけ、憧れの藤壺によく似た少女を発見して涙する。感動覚めやらぬままに、光源氏は紫の上を思って和歌を贈った。

「げに、うちつけなりとおぼめきたまはむもことわりなれど、

初草の若葉のうへを見つるより旅寝の袖もつゆぞかわかぬ

と聞こえたまひてむや」とのたまふ。（若紫巻・①二一六頁）

この光源氏の贈歌に対しては、女房が「さらにかやうの御消息うけたまはり分くべき人ものしたまはぬさまはしろしめしたりげなるを、誰にかは」（若紫巻・①二一六頁）と、和歌を贈られるにふさわしい女などいないことをご存知のはずなのに、と応じており、紫の上の祖母の尼君も、「この君や世づいたるほどにおはするとぞ思すらん」（若紫巻・①二一六頁）と、少女の年齢が誤解されての贈歌だと理解している。そして尼君が、「枕ゆふ今宵ばかりの露けさを深山の苔にくらべざらなむ」（若紫巻・①二一六頁）と返歌する。そもそも光源氏は、垣間見た少女の幼さを見知っているのだから、本気でその少女に宛てて求愛の歌を贈ったとは考えにくい。とはいえ光源氏は、尼君の返歌に対して、「かうやうの伝なる御消息は、まださらに聞こえ知らず、ならはぬことになむ」（若紫巻・①二一七頁）と、代作の返歌に不満を漏らしているのだから、形だけとはいえ、光源氏の贈歌は紫の上宛だったことになるのだろうか。

より明らかに、光源氏が紫の上に対して贈ったと判断できる和歌は、次のものである。都に帰還した翌日、光源氏は少女の祖母の尼君に宛てて文を送り、並々ならぬ想いを訴えた。

またの日、御文奉れたまへり。僧都にもほのめかしたまふべし。尼上には、

もて離れたりし御気色のつつましさに、思ひたまふるさまをもえあらはしはてはべらずなりにしをなむ。かばかり聞こゆるにても、おしなべたらぬ心ざしのほどを御覧じ知ら

ば、いかにうれしう。

などあり。中に小さくひき結びて、

（光源氏）「面影は身をも離れず山桜心のかぎりとめて来しかど

夜の間の風もうしろめたくなむ」とあり。（若紫巻・①二二八頁）

尼君に宛てた文の中に、幼い紫の上宛の小さな文が封入されている。これは明らかに光源氏から紫の上への贈歌である。尼君への贈歌はない。しかし、実は尼君への贈歌があったのだが叙述されずに省略された、という可能性も否定できない。そこで、後続の尼君の文を見てみたい。

ゆくての御事は、なほざりにも思ひたまへなされしを、ふりはへさせたまへるに、聞こえさせむ方なくなむ。まだ難波津をだにはかばかしうつづけはべらざめれば、かひなくなむ。さても、

（尼君）嵐吹く尾上の桜散らぬ間を心とめけるほどのはかなさ

いとどうしろめたう。

とあり。（若紫巻・①二二八―九頁）

尼君の返事は、光源氏の尼君への文と紫の上への贈歌とを合わせたくらいの分量である。ここには光源氏の紫の上への贈歌に対する返歌しかないから、やはりもともと尼君への贈歌はなかったと考えてよいだろう。文面には、「まだ難波津をだにはかばかしうつづけはべらざめれば」

と、紫の上が幼ないので返歌できないとの断りがあって、尼君による代作の歌が詠まれている。紫の上自身の歌や文はない。

光源氏は北山で紫の上を垣間見て、「十ばかりやあらむ」(若紫巻・①二〇六頁)と、その年齢を推測していた。和歌が詠めても不自然ではない年齢である。そこで、紫の上は、年齢のわりには奥手で、自由闊達にのびのびと育った少女としてことさらに造型されている、と従来考えられてきた。しかし、光源氏の贈歌に当初紫の上が返歌しないからといって、紫の上が奥手だといえるだろうか。

そもそも、紫の上が光源氏の最初の贈歌に自ら返歌することなど、あり得たのだろうか。男からの贈歌には、まずは周囲の者が代作の歌によって遇するという、当時の貴族社会の常識からすれば、仮にこの時点で紫の上が和歌を作ることができたとしても、光源氏の最初の贈歌に自ら返歌することなど、尼君が許すはずはない。うがった見方をすれば、紫の上の幼さを強調して尼君が代作の返歌をするのは、光源氏への礼を失することなく紫の上の尊厳を守るための方便という可能性すら否定できない。

従来ともすると、こうした当時の貴族社会の習俗が見過ごされて、紫の上の幼さばかりが注目されてきたのは、それが物語中に何度も強調されるからであった。紫の上は、「さばかりいはけなげなりしけはひ」(若紫巻・①二二九頁、惟光からみた紫の上)、「いとわりなき御ほど」(若紫巻・①二二九頁、僧都や少納言など紫の上の身近な者からみた紫の上)、「かくわりなき齢」(若紫巻・①二三七頁、尼君の光源氏への発言)と、やや不自然なまでにその幼さが印象づけられている。これと並行して、光源氏の紫の上への贈歌「あさか山……」には尼君が代作の歌「汲みそめて……」を返し(若紫巻・①二三〇頁)、続く贈歌「いはけなき……」には、その文面は明らかにされないものの、紫の上の乳母の少納言が代わって返事をしたと語られる(若紫巻・①二三八―九頁)。尼君の死後はもっぱら少納言が光源氏の応対をつとめ、光源氏の贈歌「あしわかの……」にも少納言が「寄る波の……」と返歌をする(若紫巻・①二四二頁)。紫の上自身が「まだようは書かず」(若紫巻・①二五九頁)と言いながらも自ら返歌をするのは、略奪同然に光源氏の邸二条院に引き取られたのちであった。

(光源氏)ねは見ねどあはれとぞ思ふ武蔵野の露わけわぶる草のゆかりを
(紫の上)かこつべきゆゑを知らねばおぼつかないかなる草のゆかりなるらん
(若紫巻・①二五八―九頁)

光源氏から紫の上にあてた贈歌と、紫の上の手習による返歌である。このようにしてやや奥手な少女としての紫の上像は形作られていくのだが、結果的に、光源氏の贈歌に容易に返歌しない女君として、紫の上は登場することになる。それは、作中の尼君の意思であると同時に、この女君をいかなる形で物語に登場させるかという、〈物語の方法〉ではなかったか。

同様の問題意識からすれば、末摘花もまた、光源氏からの贈歌に対して容易に返歌しない女君の一人である。

大輔命婦から常陸宮の姫君のことを耳にした光源氏は、垣間見に出かけ、わずかに耳にした末摘花の琴の音に関心を掻き立てられた。その夜、頭中将の知るところとなり、やがて二人は競うように末摘花に和歌を贈るが、いずれもなしの礫であった。光源氏は返歌も得られないままに、「かうこの中将の言ひ歩きけるを、言多く言ひ馴れたらむ方にぞなびかむかし」（末摘花巻・①二七五—六頁）と頭中将に靡いたのではと疑心暗鬼になり、ますます苛立ちをつのらせていく。ただしこの逢瀬の前に幾度も贈られたはずの光源氏の末摘花への贈歌は、物語には描写されない。末摘花の返歌がないにもかかわらず、光源氏の贈歌だけを描くのでは、あまりにも光源氏を烏滸者にしすぎるということか。

苛立つ光源氏に対して大輔命婦は、「ただおほかたの御ものづつみのわりなき」（末摘花巻・①二七七頁）と、末摘花の奥ゆかしさゆえと弁明する。やっとのことで対面した光源氏にしても、奥に引きこもりがちな末摘花のことを、「人の御ほどを思せば、されくつがへる今様のよしばみよりは、こよなう奥ゆかし」（末摘花巻・①二八二頁）と、生半可に風流めくよりも引っ込み思案で好もしいと捉えている。

その末摘花も、女房に勧められて、やむなくそっといざり寄ってくる。

年ごろ思ひわたるさまなど、いとよくのたまひつづくれど、まして近き御答へは絶えてなし。わりなのわざやとうち嘆きたまふ。

（光源氏）「いくそたび君がしじまに負けぬらんものな言ひそといはぬたのみに

のたまひも棄ててよかし。玉だすき苦し」とのたまふ。女君の御乳母子、侍従とて、はやりかなる若人、いと心もとなうかたはらいたしと思ひて、さし寄りて聞こゆ。

（女）　鐘つきてとぢめむことはさすがにてこたへまうきぞかつはあやなき

いと若びたる声の、ことに重りかならぬを、人づてにはあらぬやうに聞こえなせば、ほどよりはあまえてと聞きたまへど、めづらしきが、なかなか口ふたがるわざかな。

（末摘花巻・①二八二—三頁）

ようやくもたらされた返歌は、「はやりかなる若人」、末摘花の乳母子の侍従の仕業であった。しかし、侍従が「人づてにはあらぬやうに聞こえなせば」と、末摘花のふりをして返歌したために、末摘花本人の歌と誤解をした光源氏は、「ほどよりはあまえて」と、身分のわりには軽々しいと不審に思いながらも珍しく返歌をもらえた勢いで契りを交わしてしまう。末摘花当人による返歌は、この翌日の後朝の歌が初めてで、それも侍従に教えられて、やっと遣わされたのであった。

この物語が、ろくさま和歌も作れない末摘花を、笑い者にしていることは確かである。のちに光源氏に醜い容貌を見られた雪の朝は、侍従が不在だったために、末摘花は光源氏の贈歌に「むむ」と口ごもるほかなく（末摘花巻・①二九四頁）、やがては「唐衣」の歌を幾度も詠み続けて嘲笑された。しかし、末摘花巻において当初、度重なる光源氏の贈歌に全く返歌しないこと、そして、やがて来訪した光源氏の贈歌に、まず侍従が代作の返歌をすること、それは、いささか滑稽な語り口であるにせよ、高貴な深窓の姫君たる末摘花の格式をからくも保った応対ともいえた。この一連の末摘花の反応に、光源氏は不審を感じつつも、一面では、高貴さゆえの奥ゆかしさと受け取っており、だからこそ光源氏の関心は持続するのである。末摘花の物語の妙味は、光源氏の贈歌に対する末摘花自身の返歌が回避されることで、いかにも深窓の姫君らしい雰囲気を漂わせながら、実は単に和歌が詠めないだけだったという落ちにある。

紫の上は年齢のわりには奥手であるという理由で、末摘花はあまりにも世馴れていないという理由で、光源氏の贈歌に女君当人が容易に返歌をしない。そのことは、見方を変えれば、高貴な出自でありながら没落しかけた紫の上と末摘花の格式をからくも保つことになっている。これは、周囲の者達の苦心の産物であると同時に、〈物語の方法〉といえるのではなかろうか。

男君の求愛の贈歌に容易に返歌しないという意味では、明石の君もまた然りである。

須磨の地で不遇な日々を送っていた光源氏は、暴風雨に遭遇し、亡き父桐壺院の導きに従って明石の地に移住した。かねてから娘の結婚に高い理想を抱いていた明石の入道は、光源氏を歓迎し、娘との縁談を勧める。やがて光源氏から明石の娘への文が届くが、明石の君は父の勧めにも応じず、すぐさま返事をしようとはしない。

（光源氏）「をちこちも知らぬ雲居にながめわびかすめし宿の梢をぞとふ

思ふには」とばかりやありけん。入道も、人知れず待ちきこゆとて、かの家に来ゐたりけるもしるければ、御使いとまばゆきまで酔はす。御返りいと久し。内に入りてそそのかせど、むすめはさらに聞かず。いと恥づかしげなる御文のさまに、さし出でむ手つきも恥づかしうつつましう、人の御ほどわが身のほど思ふにこよなくて、心地あしとて寄り臥しぬ。言ひわびて入道ぞ書く。「いとかしこきは、田舎びてはべる袂につつみあまりぬるにや、さらに見たまへも及びはべらぬかしこさになん。さるは、

（入道）　ながむらむ同じ雲居をながむるは思ひも同じ思ひなるらむ

となん見たまふる。いとすきずきしや」と聞こえたり。（明石巻・②二四八―九頁）

「人の御ほどわが身のほど思ふにこよなくて」と、明石の君が自ら返歌しないのは、身の程を自覚するがゆえの謙虚さなのだ、と物語は語っている。そこでやむなく父の入道が代わって返歌するのだが、光源氏の眼にはさぞかし分不相応な矜持に映ったに相違ない。翌日には、「宣旨書きは見知らずなん」（明石巻・②二四九頁）と不満の意を表した文を送っている。この二度目の光源氏の和歌に対してようやく、明石の君自身が返歌することになる。

明石の君の場合、本来光源氏の結婚相手として不釣り合いなだけに、かえっていかにも対等であるかのごとく振舞うのではなかろうか。そもそも明石の君は、光源氏にとっては、「人進み参らばさる方にても紛らはしてん」（明石巻・②二五〇―一頁）と、召人格の身分でしかない。それをあくまで光源氏が通い来る形で結婚を始発させ、京に居を移した後も二条院入りを促す光源氏の招きには容易に応じず、大堰の邸へ光源氏に足を運ばせる。そうした明石一族の知恵によって、明石の君が本来の身分を越えて、からくも光源氏の妻妾の一人としての地位を獲得する経緯は、すでに指摘される通りであろう。(3) 光源氏の最初の贈歌に明石の君が返歌しないのは、明石の君の個としての矜持のごとく描かれているが、それにとどまらず、ひいては明石一族の栄達を実現するための重要な布石となるのである。

これらとは逆に、双方の親の了解のもとに結婚した葵の上の場合、光源氏との贈答歌自体がまったく描かれない。ただ一度、歌を詠んだかと思えば、それは憑依した物の怪の所業であった（葵巻・②四〇頁）。同じく父親の肝煎りで降嫁した女三の宮の場合は、結婚五日目の朝の光源氏への返歌が、最初に描出される和歌である（若菜上巻・④七二頁）。女三の宮への光源氏の贈歌は、当然この五日目のものが初めてではなく、当初は乳母か誰かが代作の返歌をしたのだろう。けれども、この物語はその過程には関心を抱かず、結婚五日目の贈答に焦点を当てることで、女三の宮当人の返歌がいかに拙いかを暴き立てようとする。裏返せば、葵の上や女三の宮の場合は当初の返歌が代作であるのは当然過ぎて、物語に描く必要がないのだともいえる。

だとすれば、紫の上・末摘花・明石の君の場合に、光源氏との馴れ初めにおいて女君自身の返歌が回避され、代作の返歌が描かれるところには、物語の企みがうかがえよう。紫の上の場合は、「いとものはかなきさまにて見馴れたまへる年ごろの睦び、あなづらはしき方にこそはあらめ」（朝顔巻・②四七九頁）と、軽々しい略奪婚から始まったことが傷になったと紫の上自身に回顧されるように、光源氏の「妻」としての位置づけは安定的なものではない。(4) しかし、光源氏の贈歌が度重なってからようやく自ら返歌するという、紫の上の登場のさせられ方からすれば、この物語は可能な限りの格式を保って紫の上を遇しようとしている。そしてまた、親の死後、かくたる庇護者の了解も得ないまま光源氏と関わる末摘花にしても、折毎に光源氏やその周辺に装束を贈るのは（末摘花巻・①二九九頁、玉鬘巻・③一三七頁、行幸巻・③三一三―四頁）、あくまで光源氏の妻妾の一人としての振舞いといえる。明石の君の矜持もまた然りであろう。これらには、本来光源氏とは対等に向き合えない、没落しかけた高貴な女君、ないしは身分劣る女君を、あらん限りの格式を持って登場させようとする〈物語の方法〉を、読み取ることができるように思われる。

二　自ら応じて歌う女君——夕顔・朧月夜・空蟬・軒端荻

それでは、光源氏に対して最初から自ら応じて歌う女君たち、すなわち、夕顔、朧月夜、空蟬、軒端荻の場合に目をやりたい。

夕顔と光源氏との最初の贈答歌については、従来、種々の議論が交わされてきた。贈答歌は男から女へと歌いかけるのが一般的であるという通念(5)に従えば、夕顔からの詠みかけによって始まる贈答歌は異例である、と見られたからである。

夕顔巻冒頭、光源氏は乳母の病気見舞いのために五条を訪れた。すると、粗末な隣家の妻戸に這い纏わる草が目に留まる。光源氏が随身に一枝を折るよう所望すると、風流な遣戸口から黄色の生絹の単袴を着た童が出て来て、白い扇を差し出した。

……ありつる扇御覧ずれば、もて馴らしたる移り香いとしみ深うなつかしくて、をかしうすさび書きたり。

（女）　心あてにそれかとぞ見る白露の光そへたる夕顔の花

そこはかとなく書きまぎらはしたるもあてはかにゆゑづきたれば、いと思ひのほかにをかしうおぼえたまふ。……（中略）……したり顔にもの馴れて言へるかなと、めざましかるべき際にやあらんと思せど、さして聞こえかかれる心の憎からず、過ぐしがたきぞ、例の、この方には重からぬ御心なめるかし。御畳紙にいたうあらぬさまに書きかへたまひて、

（光源氏）寄りてこそそれかとも見めたそかれにほのぼの見つる花の夕顔

ありつる御随身して遣はす。

（夕顔巻・①一三九―一四一頁）

移り香の染みた扇には和歌があった。予想外に風流な様子に光源氏は心動かされ、「したり顔にもの馴れて言へるかな」と、たいした者でもあるまいと相手を侮りつつも、畳紙に筆跡を紛らわせて返歌を記し、随身に届けさせた。

とかく論争を招く箇所である。「心あてに」の歌の「夕顔の花」については、夕顔自身の喩えとする説と、光源氏の喩えとする説とが対立している。[6] また、夕顔がなぜ自ら歌を詠みかけたのかについては、

① 光源氏を頭中将と誤認したとする説
② 夕顔の造型に遊女性を見る説
③ 花を所望した貴人への挨拶歌と見る説
④ 夕顔の侍女たちの合作と見る説

などの諸説がある。[7] ①は、頭中将の正妻の圧力に屈して失踪し、光源氏に従順に応ずる夕顔を、消極的でおとなしい性格と解釈して、自ら歌いかける積極的な振舞いとの間に齟齬を見出し、

その説明として生じた説である。②は、夕顔の造型に、一見従順に見えるものの、より自立した積極的な性格を読み取る立場である。夕顔が実態的に遊女だということではない。③は、単純に女からの贈歌とは言えないとするもので、花盗人への挨拶歌、あるいは、光源氏の働きかけに応じた歌、という理解である。この種々の論争を経て、今日おおかた、「夕顔の花」は夕顔を比喩したものと解し(8)、「心あてに」の歌は夕顔が相手を光源氏と認めて詠みかけたものとする解釈で落ち着いてきているようである。

これらの諸説は、この最初の贈答歌が女からの贈歌である点をどのように説明するかによって生じている。夕顔を消極的な性格と捉え、その性格の一貫性を重視したところに、頭中将との誤認なり、花盗人への挨拶なりといった解釈が生じる。一方、より積極的な性格と捉えたところに遊女的との把握も生じたのであろう。しかし、ここでの夕顔の贈歌は、あくまで光源氏の働きかけに応じた以上のものではない(9)。

では、ここで全く視点を変えて、光源氏の女君の中での相対的位置付けの問題として考えてはどうだろうか。たとえそれが花を所望する光源氏への挨拶としての応対であろうとも、夕顔が光源氏に対して歌いかける女君として登場するのは、紫の上や末摘花や明石の君らとは一線を画した、この物語における軽々しい位置づけゆえである、とは言えまいか。すなわち、夕顔の性格がいかに消極的であろうとも、光源氏の女君の中では相対的に軽い扱いだから、花の名を問う光源氏に応じて、女から歌を詠む形で登場させられた、と理解するのである。

こうした理解への反論として有効なのは、「心あてに」の歌を夕顔自身の作ではないとする前掲④の説である。④の説は、この歌を一種の代作歌と捉えるわけだから、紫の上や末摘花同様の格式を、夕顔に認めることに通ずる。ただし夕顔の場合、紫の上における尼君や、末摘花における侍従のように、具体的な女房の某が明示されているわけではないから、紫の上や末摘花と全く同列には扱えない。そしてまた、のちの光源氏と夕顔との贈答、

（光源氏）夕露に紐とく花は玉ぼこのたよりに見えしえにこそありけれ

（夕顔）光ありと見し夕顔の上露はたそかれ時のそらめなりけり　（夕顔巻・①一六一―二頁）

からすれば、「心あてに」の歌も夕顔自身の作と解した方が自然であろう。とはいえ、夕顔巻冒頭の時点では、まだ夕顔自身の詠歌であるとも断定できない。つとに玉上琢彌氏が、この歌を夕顔の作とも侍女たちの合作とも、両方の考えを提示したことも意義深い。(10)

それでは、しばしば夕顔と造型上の類似を指摘される朧月夜(11)の場合はどうか。宮中の花の宴の後、藤壺の局の隙をうかがう光源氏は、思いがけず朧月夜に出会った。

いと若うをかしげなる声の、なべての人とは聞こえぬ、「朧月夜に似るものぞなき」とうち誦じて、こなたざまには来るものか。いとうれしくて、ふと袖をとらへたまふ。女、恐ろしと思へる気色にて、「あなむくつけ。こは誰そ」とのたまへど、「何かうとましき」と

て、

（光源氏）深き夜のあはれを知るも入る月のおぼろけならぬ契りとぞ思ふ

とて、やをら抱き降ろして、戸は押し立てつ。（花宴巻・①三五六頁）

最初に和歌を詠みかけたのは、光源氏からである。しかし、独り言であれ、「朧月夜に似るものぞなき」と、女が口ずさんだ古歌の一節が光源氏を引き寄せたのだから、女の側からの無自覚な働きかけ、女の贈歌としても機能していよう。突然の見知らぬ男との遭遇に朧月夜は人を呼ぼうとするが、相手が光源氏と知ってほっと安心し、契りを交わしてしまう。

逢瀬の後、光源氏に名告りを求められて、朧月夜は和歌を詠む。

「なほ名のりしたまへ。いかでか聞こゆべき。かうてやみなむとは、さりとも思されじ」

とのたまへば、

（朧月夜）うき身世にやがて消えなば尋ねても草の原をば問はじとや思ふ

と言ふさま、艶になまめきたり。「ことわりや。聞こえ違へたるもじかな」とて、

（光源氏）「いづれぞと露のやどりをわかむまに小篠が原に風もこそ吹け

わづらはしく思すことならずは、何かつつまむ。もし、すかいたまふか」

（花宴巻・①三五七―八頁）

ここでも夕顔同様に光源氏の問いかけに応じたものとはいえ、結果的には女から和歌を詠みか

ける形となっている。のちの柏木の語りかけに沈黙し続ける女三の宮のように、いくら光源氏が問いかけても答えないこともできたわけで、そうすれば、光源氏が再度歌いかけるのを待って女がやむなく応じる形を取ることができたはずであった。逢瀬の前にすでに光源氏の贈歌もあり、ここでも光源氏の問いに答えたわけだから、純粋に朧月夜が自ら詠みかけた和歌ではないにせよ、女の積極性も否定はできまい。

それに比して、朧月夜と同様に突然の出会いから一夜を共にする空蟬の場合はというと、光源氏の贈歌に対して返歌をするのは逢瀬ののちである。

鶏もしばしば鳴くに、心あわたたしくて、

（光源氏）つれなきを恨みもはてぬしののめにとりあへぬまでおどろかすらむ

女、身のありさまを思ふに、いとつきなくまばゆき心地して、めでたき御もてなしも何ともおぼえず、常はいとすくすくしく心づきなしと思ひあなづる伊予の方のみ思ひやられて、夢にや見ゆらむとそら恐ろしくつつまし。

（空蟬）身のうさを嘆くにあかで明くる夜はとりかさねてぞ音もなかれける

（帚木巻・①一〇三―四頁）

贈歌の第四句「とりあへぬまで」に、返歌第四句「とりかさねてぞ」を呼応させてはいるものの、「身のうさ」「嘆くにあかで」「音もなかれける」と自らの憂いを強調し、光源氏の贈歌にうながされてのやむない返歌であった体を見せている。これに比すれば、朧月夜のいくぶんの隙は否定すべくもない。このあたりの呼吸を、物語は丹念に描き分けている。

ちなみに同じくかりそめの関係を結んだ軒端荻の場合は、その夜も後朝も、光源氏との贈答歌は描かれない。贈答歌を描かないことで、光源氏と和歌を通して関係を結ぶに値しない軒端荻の位置づけが示唆される。二人の唯一の贈答は、夕顔巻末、軒端荻が蔵人少将を通わせているとの風評を耳にした光源氏からの贈歌とそれへの返歌であり、関係の破綻が決定的になった後に、交わされるのみである。

このように、夕顔・朧月夜・空蟬・軒端荻の、光源氏との最初の贈答歌の描写には、それぞれの後続の物語展開にふさわしい描き分けが見て取れる。ことに朧月夜・空蟬・軒端荻ら、偶発的な出会いから光源氏と契りを交わす女君は、当然ながら代作とはおよそ無縁である。あくまで女君当人は返歌をせず、近親者の代作によって関係が始発する紫の上・末摘花・明石の君とは一線を画した、やや軽い扱いで物語に登場していることは否めまい。

三　馴れ初めが描かれない女君——藤壺・六条御息所・花散里

それでは光源氏との馴れ初めが物語に明瞭に描かれない女君たち、藤壺、六条御息所、花散里の場合はどうか。

藤壺はこの物語中、十二首の和歌を詠むが、そのうち十一首までは光源氏との贈答歌で、残りの一首は女房たちとの唱和である。桐壺帝との贈答歌は描かれない。それはちょうど、この物語に光源氏と葵の上との贈答歌が描かれないことに似ている。物語は、光源氏と葵の上との贈答歌にも、桐壺帝と藤壺との贈答歌にも、関心を抱かなかったのである。

光源氏と藤壺の贈答歌にしても、「幼心地にも、はかなき花紅葉につけても心ざしを見えたてまつる」（桐壺巻・①四四頁）とあったのだから、光源氏幼少の頃から和歌の贈答の機会は少なくなかったはずである。しかし、それらは描かれない。この物語が描く二人の最初の贈答歌は、逢瀬の場面のそれであった。

何ごとをかは聞こえつくしたまはむ、くらぶの山に宿もとらまほしげなれど、あやにくなる短夜にて、あさましうなかなかなり。

（光源氏）見てもまたあふよまれなる夢の中にやがてまぎるるわが身ともがな

とむせかへりたまふさまも、さすがにいみじければ、

（藤壺）　世がたりに人や伝へむたぐひなくうき身を醒めぬ夢になしても

思し乱れたるさまも、いとことわりにかたじけなし。（若紫巻・①二三一―二頁）

光源氏と藤壺との最初の贈答歌の場面として、この密通の場面が選ばれたこと、それは、前述

の紫の上・末摘花・明石の君らの場合や、夕顔・朧月夜・空蟬らの場合とは同次元では論じられまい。とはいえ、物語が切り取り描き出したのが、折に触れた挨拶の贈答歌ではなく、二人の密会、しかもどうやら初めてではないらしい密会の場面であることが意味深い。密会の場面に最初の贈答歌が描かれるという意味では、藤壺の語られ方は空蟬や朧月夜に近いものがある。

藤壺と同様に六条御息所も、馴れ初めが描かれない女君であった。そもそも六条御息所は、夕顔巻では、「六条わたり」（夕顔巻・①一三五頁）に住む、光源氏の通い所の一人の高貴な女君として登場する。しかし夕顔巻の時点では、その造型はいま一つ鮮明でない。夕顔巻で、この女君が和歌を詠まないこともその一因であろうか。その代わり、光源氏がある朝、帰り際に女房の中将の君と交わした贈答歌が描かれる。

中将の君、御供に参る。紫苑色のをりにあひたる、羅の裳あざやかにひき結ひたる腰つき、たをやかになまめきたり。見返りたまひて、隅の間の高欄にしばしひき据ゑたまへり。うちとけたらぬもてなし、髪の下り端めざましくもと見たまふ。

（光源氏）「咲く花にうつるてふ名はつつめども折らで過ぎうきけさの朝顔

いかがすべき」とて、手をとらへたまへれば、いと馴れて、とく、

（中将の君）朝霧の晴れ間も待たぬけしきにて花に心をとめぬとぞみる

と公事にぞ聞こえなす。（夕顔巻・①一四七―八頁）

光源氏の和歌が中将の君その人に懸想をしかける様子であるのに対し、中将の君が「公事にぞ聞こえなす」と、光源氏の歌を女主人への想いを詠んだものと受けとめて、あたかも女主人の代作のように返歌するところが注目できる。これを踏まえて光源氏と六条御息所との、のちの贈答歌を考えるならば、六条御息所はやはり、まず当人が光源氏とすぐさま歌を交わすことが回避される形で物語に登場する女君だといえるのである。

もとよりこのことは、紫の上・末摘花・明石の君の場合とは質が異なる。光源氏と藤壺の関係と同様、光源氏と六条御息所との間には物語に描かれざる歴史があり、そこでは多くの和歌が、すでに贈答されていたに相違ないからである。藤壺や六条御息所との馴れ初めを描いた巻、いわゆる「かがやく日の宮」の巻が想定されるゆえんである。ただしあくまで現在の本文に即して考えれば、物語が六条御息所らしき女を、自らの和歌によってではなく女房の代作ともいえるような和歌をもって物語に登場させるところには、紫の上・末摘花・明石の君の場合と相通ずる意味合い、すなわち、高貴な女の、容易には男の贈歌に応じない奥ゆかしさが、演出されているようにも思われるのである。

六条御息所自身の歌が初めて描かれるのは、葵巻、葵の上に物の怪が憑いたという噂が流れ始めた頃であった。六条御息所が苦悩のあまりに病床に臥したと伝え聞いた光源氏は、人目を忍んで訪問し、日頃の無沙汰を詫びて六条御息所を慰める。しかし、そこには別れを惜しむ贈答歌が描かれることはない。

……御文ばかりぞ暮つ方ある。「日ごろすこしおこたるさまなりつる心地の、にはかにいといたう苦しげにはべるを、え引き避かでなむ」とあるを、例のことつけと見たまふものから、

（六条）「袖ぬるるこひぢとかつは知りながら下り立つ田子のみづからぞうき

山の井の水もことわりに」とぞある。御手はなほここらの人の中にすぐれたりかしと見たまひつつ、いかにぞやもある世かな、心も容貌もとりどりに、棄つべくもなく、また思ひ定むべきもなきを苦しう思さる、御返り、いと暗うなりにたれど、「袖のみ濡るるやいかに。深からぬ御事になむ。

（光源氏）浅みにや人は下り立つわが方は身もそぼつまで深きこひぢを

おぼろけにてや、この御返りをみづから聞こえさせぬ」などあり。（葵巻・②三四―五頁）

早急に贈るべき後朝の文も、夕刻になってようやく届く始末である。光源氏からの文の内に和歌はそもそもなかったのか、あったけれども語られなかっただけなのかも、定かではない。物語はただ、光源氏の文に答えて詠みかけた、六条御息所の光源氏に対する最初の和歌を取り上げる。光源氏も暗くなったのも厭わず、返歌を遣わして誠意を訴える。どうしても返歌しなければ非礼に当たったからだと解釈すれば、そもそも光源氏からの贈歌はなかったと考えるのが

自然であろうか。六条御息所は、夕顔巻では容易にその肉声が聞こえてこない女君であるが、葵巻では、光源氏の文に誘発されて自らの懊悩を訴え、歌いかける女として描かれている。

その六条御息所に比較的近い描かれ方であるのは、実は花散里ではあるまいか。花散里は、光源氏との馴れ初めが明瞭に描かれることがない。しかも最初に登場する花散里巻では、光源氏は花散里を訪問したにもかかわらず、花散里自身との贈答歌は描かれず、光源氏は姉の麗景殿女御と贈答するのみである。

従来この問題については、麗景殿女御・花散里姉妹・中川の女の造型の「非自立性」[12]、といった説明が付されてきた。しかし、本章の論法からすれば、光源氏と花散里との交渉は、まずは女君の近親者との贈答から描き出される関係、と理解できよう。それは、必ずしも寵愛が深いとはいえないにもかかわらず、のちに光源氏に引き取られ、六条院の夏の町の女主人として処遇されていく女にふさわしい格式を保った登場の仕方なのである。

花散里巻で初めて登場する中川の女や筑紫の五節と比較すれば、花散里がいかに重んじられているかは明らかであろう。中川の女は、花散里を訪ねる途上の光源氏からの贈歌に、直接に返歌をしている（花散里巻・②一五四―五頁）。また、同巻で光源氏に回顧された五節の君（花散里巻・②一五五頁）は、のちに父の大宰大弐とともに上京する途上、須磨滞在中の光源氏のもとに自ら進んで和歌を贈って寄越すのである（須磨巻・②二〇五頁）。

そのほかの光源氏と深く縁のある女性として、ともに養女格となる秋好中宮・玉鬘があげられる。秋好中宮は、賢木巻で斎宮として伊勢に下向する際、光源氏の贈歌に対して返歌する。この返歌が、女別当の作であるのか、斎宮自身の作であるのか、吟味の余地は残るものの、光源氏は、「宮の御返りのおとなおとなしきを、ほほ笑みて見ゐたまへり。御年のほどよりはをかしうもおはすべきかなとただならず」（賢木巻・②九二頁）と、斎宮自身の返歌と理解している。明らかに斎宮自身の返歌といえるのは、六条御息所の死後、光源氏の庇護下に入ることが決定した時点で、「宮はいと聞こえにくくしたまへど、これかれ、「人づてには、いと便なきこと」と責めきこゆれば」（澪標巻・②三一五頁）と、周囲に促されてのものであった。

それに対して玉鬘の場合は、光源氏の最初の贈歌に対し、周囲に勧められて自ら返歌し、その筆跡によって光源氏の眼鏡に適ったとされる（玉鬘巻・③一二四—五頁）。とはいえそれは相手が光源氏だからなのであって、玉鬘とても肥後の大夫監に対しては自ら返歌はしておらず、乳母が代作して済ませている（玉鬘巻・③九七—八頁）。こうした秋好中宮と玉鬘の例を見ても、女君に自ら和歌を詠ませるかどうかに関して、物語が周到に描き分けていることが明らかであろう。

いま一人、光源氏と近しく関わる女君として朝顔の姫君がいる。葵巻、葵の上の死後、光源氏からの贈歌に、朝顔の姫君が自ら返歌するのが最初の和歌といえようか。「つれなながら、さるべきをりをりのあはれを過ぐしたまはぬ、これこそかたみに情も見はつべきわざなれ」（葵巻・②五八頁）と光源氏の心を動かし続けるこの女君は、終始一貫して、光源氏と自ら和歌を詠むことで対峙する女君であった。とはいえ、朝顔巻、光源氏が朝顔の姫君に求婚する物語では、まずは光源氏と女五の宮との対面が描かれてから、姫君本人との対面が描かれており、花散里巻に似た作りともいえる。ただし、光源氏と女五の宮との間に和歌の贈答はない。このような、本来の高貴な身分にはややふさわしくない、代作ではなく当の朝顔の姫君自身が光源氏と贈答を交わすというあり方は、ついに結婚には到らないことが予定された男女ならではの、特殊な交流の描き方として位置付けられるものかもしれない(13)。

おわりに

光源氏と女君たちの、最初の贈答歌の形を概観すれば、描かれる具体例が馴れ初めの折であるか否かにかかわらず、光源氏の働きかけに女君自らが直接応答する場合と、女君の近親の誰かが代作する場合に大別できる。その別について、本来の身分や光源氏の妻妾としての位置付けなど、既存の価値体系で説明することは、はなはだ難しい。しかし、総じて、密通や偶発的な出会いによって予期せぬ形で逢瀬の時を持つ女君が自ら和歌を詠まざるを得ないのに対し、近親者の代作によって語りだされる女君は、光源氏に社会的な対面を保たれ、重く処遇されていく女君である。そこには、本来身分高い場合はもとより、明石の君のようにいくぶん身分劣る場合にはなおのこといっそう、自らを格式高く見せようとする女君やその周辺の意思、ひいては、そのように出来事を切り取って語りなす〈物語の方法〉を見出せるように思われる。

〔注〕

（1）たとえば、玉鬘の歌には「行くさきも見えぬ」（玉鬘巻・③一〇〇頁）、「身さへながれぬ」（玉鬘巻・③一一六頁）、「行く方なき」（篝火巻・③二五八頁）などと、身の置き所のない自らの境遇を嘆じた歌が目立ち、浮舟の歌には「世」「憂し」のほか、「橋」「小島」「舟」「流る」「川」「瀬」「岸」などと川を連想させる語が特徴的である。

（2）高木和子「光源氏の「癖」」、「「後見」にみる光源氏と女たちの関係構造」（初出一九九三年二月、一九九六年二月、『源氏物語の思考』風間書房、二〇〇二年）における試みも、同様の意図に基づく。

（3）阿部秋生「明石の君の結婚」「明石の御方」（『源氏物語研究序説』東京大学出版会、一九五九年）

（4）高木和子「結婚制度と『源氏物語』の論理——光源氏と紫の上の関係の独自性——」（初出二〇〇二年、注（2）書）

（5）鈴木一雄「源氏物語の和歌——贈答歌における一問題——」（初出一九六八年五月、『王朝女流日記論考』至文堂、一九九三年）は、贈歌は男からするのが常態であるとし、女からの贈歌に女の特別な感情、意志、要求を読み取る。

（6）「夕顔の花」は光源氏を指すと見るのが、本居宣長以来の通説。「夕顔の花」は女、「白露の光」は光源氏を指すと見る説は、古注に見られる。

（7）各説の代表的な先行研究は、①黒須重彦『夕顔という女』（笠間書院、一九七五年）、松尾聰「夕顔巻「それかとぞ見る」の歌をめぐって」（『文学』一九八二年十一月）、日向一雅「夕顔巻の方法――「視点」を軸として」（『国語と国文学』一九八六年九月）、②原岡文子「遊女・巫女・夕顔――夕顔の巻をめぐって――」（初出一九八九年二月、『源氏物語の人物と表現　その両義的展開』翰林書房、二〇〇三年）、③「花盗人への挨拶」とは、藤井貞和「三輪山神話式語りの方法そのほか――夕顔の巻――」（『共立女子短期大学（文科）紀要』二二、一九七九年二月）。そのほか、光源氏の働きかけに応じた歌とは、石井正己「「夕顔」巻の冒頭について」（『太田善麿先生退官記念文集』一九八〇年）、工藤重矩「源氏物語夕顔巻の発端――「心あてに」「寄りてこそ」の和歌解釈――」（『福岡教育大学紀要　第一分冊　文科編』五〇、二〇〇一年二月）、④『岷江入楚』、玉上琢彌『源氏物語評釈　第一巻』（角川書店、一九六四年）、尾崎知光「夕顔の巻の文章の展開――黒須重彦氏の新説をよんで――」（『源氏物語私読抄』笠間書院、一九七八年）、犬養廉「夕顔との出会い」（『講座　源氏物語の世界　第一巻』有斐閣、一九八〇年）、稲賀敬二「夕顔」（『別冊国文学　源氏物語必携Ⅱ』一九八二年二月）など。なお、齋木泰孝「歌を贈答する女房たち――解釈の世界――」（初出一九九五年一月、『物語文学の方法と注釈』和泉書院、一九九六年）は、女房たちによる代作説を支持し、『源氏物語』全般にわたる女君たちの歌の自作、代作の問題についても言及している。
(8) 清水婦久子「光源氏と夕顔」(初出一九九三年十二月、『源氏物語の風景と和歌』和泉書院、一九九七年)
(9) 石井正己・工藤重矩、注(7)③論文。
(10) 玉上琢彌、注(7)④書。
(11) 吉野瑞恵「朧月夜物語の深層」(『国語と国文学』一九八九年十月)
(12) 小町谷照彦「花散里」(『国文学』一九六八年五月)
(13) 宇治の大君と薫の場合、薫の最初の贈歌「あさぼらけ家路も見えずたづねこし槙の尾山は霧こめてけり」に対し、大君自身が「雲のゐる峰のかけ路を秋霧のいとど隔つるころにもあるかな」と返歌している(橋姫巻・⑤一四八頁)。この対面でも、朝顔巻の光源氏と女五の宮同様、薫はまず弁の君と対話をしたのち大君と贈答を交わしている。薫と弁の君との間に贈答が交わされていないことも、朝顔巻の情況と近似する。

第二章　源氏物語における代作歌

はじめに

和歌を詠みかけられた当人が返歌をせず、親族や女房などが代わりに和歌を詠むことがある。代作である。これは、平安時代に実際に行われたものであるが、『源氏物語』においていかに方法化されているか、考察してみたい(1)。

代作とは何か。ある人に代わって和歌を作ること、と定義できようか。物語中では、主に返歌に現れる。その際、詠み手が別人であることが、返歌の受け手や物語の読者に、

A　予めわかっている場合

B　ある段階まで判明しない場合

C　最後まで判明しない場合

がある。これらの中で、詠み手が別人であることが、ある段階まで判明しない場合（B）や最後まで判明しない場合（C）には、和歌の詠みぶりも当人を装ったものになっているはずである。代作を狭義に定義すれば、これらの場合だけを指す、とも考えられないわけではないが、詠み手が別人であることが予めわかっている場合（A）、なかでも別人宛の和歌に第三者の立場から返歌する場合なども代作の一種と考えて、それらの機能や方法について包括的に検討してみたい。

詠み手が別人であることが予めわかっている場合（A）、なぜ和歌を詠みかけられた当人が返歌しないのか、当人の作でないと双方が承知している返歌にどのような働きがあるのかが問題であろう。また、ある段階で判明する場合（B）や最後まで判明しない場合（C）には、作中での和歌の聞き手と、物語の読者との間に、しばしば理解度にずれが生じて、それが物語に魅力を添えたりもする。読者には予め代作の歌だと判っていても、作中の受け手には一時的にせよ当人の作った歌だと誤解されてこそ、のちに本当の作者が判明した時点で興が生じることになるからである。それでは、別の人物の作を装う代作の和歌は、煎じ詰めればいったい誰の歌だということになるのか。物語中の和歌が、それを詠んだ人物の造型となんらか関わるのだとすれば、代作の和歌は、代作した人物の造型に参与するのか、あるいは、代作された人物の造型に参与するのか。

物語中の和歌の作者については、作中人物、物語の語り手、物語の作者といった存在を重層的に想定する必要があることも、昨今議論されているところである(2)。この章ではこうした課題について、検討したいと思う。

なお、和歌の作者が誰であるか、その判別を課題とする論の中で、作者名を付記するのは矛盾しているのだが、論を読みやすくするために、和歌に作者名を付してある。基本的には、作中で実際に作った人物名を優先的に示す方針とするが、もとより、和歌の聞き手によっては、別人の作だと思って聞いている場合もあるので留意されたい。また、実際の作者を判定できない場合や、和歌の作り手と書き手が異なる可能性が高い場合などは、便宜的に、「女」などといった固有名でない呼び方で示すことにした。

一　求婚歌に対する代作歌

まずは、詠み手が別人であることが、返歌の受け手や物語の読者に予めわかっている場合（A）について考えたい。

若紫巻、光源氏は北山で少女紫の上を見出して和歌を贈った。この贈歌を受けて、女房は「さらにかやうの御消息うけたまはり分くべき人もものしたまはぬさまはしろしめしたりげなるを、誰にかは」（若紫巻・①二一六頁）と手紙を受けるにふさわしい人はいないと返答する。紫の上の祖母の尼君は、「この君や世づいたるほどにおはするとぞ思すらん」と、紫の上の年齢が誤解されたものと考えて、返歌を代作した。これに対して光源氏は、「かうやうの伝なる御消息は、まださらに聞こえ知らず、ならはぬことになむ」（若紫巻・①二一七頁）と、代作による返歌に不満を漏らしている。両者の和歌だけを取り出し、見比べてみよう。

（光源氏）初草の若葉のうへを見つるより旅寝の袖もつゆぞかわかぬ

（尼君）枕ゆふ今宵ばかりの露けさを深山の苔にくらべざらなむ　（若紫巻・①二一六頁）

光源氏の贈歌は、直前の垣間見の折に耳にした尼君と女房の贈答、「生ひ立たむありかも知らぬ若草をおくらす露ぞ消えんそらなき」「初草の生ひゆく末も知らぬ間にいかでか露の消えんとすらむ」（若紫巻・①二〇八頁）を踏まえたものである。尼君の返歌は、光源氏の贈歌から「露」の語を引き受けながらも、「深山の苔」と尼僧にふさわしい語を用いて恋の情趣から遠ざけて受け流している。その後もしばらく、光源氏の紫の上への贈歌には尼君や少納言が代作し、紫の上当人の返歌が得られるのは、数度の贈答を経た後のこととなる。

この場合の代作は、どちらかと言えば光源氏の求愛に消極的な尼君の姿勢の表れであり、かつ、幼くて和歌が詠めないという理由であるにせよ、数度の代作を経て当人同士の贈答が成立するという手続きは、光源氏の生涯の伴侶にふさわしく、紫の上を重々しく登場させる物語の方法と考えられる（第一章参照）。

代作の返歌は、求婚の拒否に通ずることもあった。次は、肥後の大夫監が玉鬘への求婚の意を伝えた帰り際の贈歌と、それに対する玉鬘の乳母の返歌である。

（大夫監）君にもし心たがはば松浦なる鏡の神をかけて誓はむ
（乳母）年を経ていのる心のたがひなば鏡の神をつらしとや見む　（玉鬘巻・③九七―八頁）

乳母の返歌は、贈歌の語順をなぞるように同一の語句を反復したものである。返歌の表現が贈歌によく照応しているから、一見、求婚を容認したかのようにも取れるのだが、実は、姫君が神の加護によって守られ、大夫監の難から逃れることを願う気持ちを籠めたものであった。一方、返歌を受けた大夫監は、真意が理解できないまでも「心のたがひなば」という言葉にひっかかり、自分の誠意が疑われたのかと詰め寄る。乳母の娘達が、老母がぼけているから、と取りなして事無きを得るのだが、このような場合には、代作の返歌は、結果的には女君との直接の贈答の機会を阻止することに通じている。

これと同種の体とも取れるのは、若菜上巻末尾における柏木の女三の宮への求愛の場面である。柏木からの文を小侍従が女三の宮に見せたところ、女三の宮は日頃の光源氏の戒めに憚り怖じるばかりなので、小侍従は密かに返事を書いて、柏木の不遜な願いをたしなめようとする。

（柏木）よそに見て折らぬなげきはしげれどもなごり恋しき花の夕かげ

（小侍従）いまさらに色にな出でそ山桜およばぬ枝に心かけきと（若菜上巻・④一四八―一五〇頁）

この小侍従の返歌は、贈歌の「花」を「山桜」にずらして引き受けており、表現上、密接に照応しているとは言い難い。歌の趣旨も、少なくとも表向きは女君との関係を拒否しており、このまま何事もなく終わる可能性もあったはずである。

そのほか、代作が関係を終わらせる例としては、光源氏と玉鬘の関係がある。鬚黒に略奪された玉鬘に宛てて光源氏が文を贈ると、鬚黒はそれを玉鬘とともに見て、実父でもない光源氏の執着を皮肉った。玉鬘は進んで返歌し難く、「御返り、ここにはえ聞こえじ」（真木柱巻・③三九五頁）と鬚黒の思惑を憚ると、鬚黒が代作の返歌をした。

（光源氏）おなじ巣にかへりしかひの見えぬかないかなる人か手ににぎるらん

（鬚黒）巣がくれて数にもあらぬかりのこをいづ方にかはとりかへすべき

（真木柱巻・③三九五頁）

光源氏の贈歌が、玉鬘を鬚黒に渡してしまった悔しさを詠むのに対し、鬚黒は、贈歌と同様に下の句を疑問の構文とし、どこに取り返すつもりかと切り返す。光源氏は悔しく思いながらも如何ともし難く、光源氏と玉鬘の物語に終止符が打たれることとなる。

とはいえ、代作の返歌は、常に求愛の拒否に通ずるわけではない。むしろ、庇護者の代作の返歌によって関係が容認される事例もある。夕霧巻で夕霧に宛てた一条御息所の歌などが、その好例であろう。夕霧は、かねてより求愛していた落葉の宮と、事に及ばないにせよ一夜を共にして、その翌朝には宮に文を贈った。それを後朝の文と誤解した宮の母一条御息所は、夕霧が訪れないことを詰る返歌をする。

（一条）　女郎花しをるる野辺をいづことてひと夜ばかりの宿をかりけむ　（夕霧巻・④四二六頁）

しかし、夕霧は前夜の求愛が不首尾であったために結婚第一夜という意識はなく、さらにその文を雲居雁に奪われたために、返歌に手間取ってしまう。かくして、夕霧の態度に失望した御息所は急逝するのであるが、その後、夕霧はこの御息所の文を楯に、宮に結婚を迫るのである。この場合は、代作歌が関係の容認に繋がった事例といえよう。

以上のように、求婚の贈歌への代作の返歌は、関係を容認する可能性を拓く一方、そのまま関係を遮断するものにもなり得た。だからこそ、求婚を受けた当初の代作の返歌は、女の格式や気位の高さを保証することになったのである。

暴風雨の果てに明石の地に移った光源氏は、明石の入道に勧められて、その娘に文を遣わすのだが、その返歌は入道の代作であった。

（光源氏）をちこちも知らぬ雲居にながめわびかすめし宿の梢をぞとふ

（入道）ながむ**らむ**同じ雲居をながむるは思ひも同じ思ひなる**らむ**　（明石巻・②二四八―九頁）

入道の返歌は、光源氏の贈歌の「雲居」「ながむ」の語を同じく第二句・第三句に配して、上の句で「ながむらむ」と「らむ」を用いて光源氏の心を推測し、下の句で「思ひも同じ思ひなるらむ」と「らむ」を用いて明石の君の心を推測する。すなわち、本来の和歌の受け手である明石の君とは第三者に相当する立場で作ったことが明瞭な歌である。光源氏はこれを見て「めざまし」とその分不相応な気位の高さに舌打ちする思いで、翌日、「宣旨書きは見知らずなん」（明石巻・②二四九頁）と訴えた。この明石の入道の代作の返歌は、光源氏との関係に積極的になれない明石の君の思慮の所産でもあると同時に、結果的には、自らをより格式高く見せかけることにも通じている（第一章参照）。

このような明石の君の振舞いがいかに賢明であるかは、のちに玉鬘に求婚してきた蛍兵部卿宮に対して、光源氏が、「言葉などのたまひて書かせたまふ」（蛍巻・③一九七頁）と、玉鬘の女房宰相の君に自らの言葉を代筆させていることなどと比較しても推察できる。代作は、『伊勢物語』一〇七段同様、女を本来の身分や能力以上に格式高く見せ、男の心を摑むための演出なのである。しかし、その玉鬘も、求婚者として現れたわけではないにせよ、血縁でもない光源氏に、周囲の女房たちの勧めに従って自ら返歌するほかなかった（玉鬘巻・③一二四頁）。そこには、もはや形だけの矜持を示す余力すらない、庇護者を失った女君の無力さが顕著に現れている。と同時に、肥後の大夫監や蛍宮には代作の返歌で応じられた玉鬘も、光源氏には自ら返歌せざるを得なかったところを見れば、双方の力関係が大いに関わっていると考えられる。玉髪同様に光源氏の養女格の扱いになるとはいえ、斎宮女御の場合は、少し趣を異にするので、改めて後述したい。

二　幼少者のための代作歌

代作の和歌は、男女の馴れ初めの折に限られたものではない。幼少の者の代わりに庇護者が和歌を詠む事例は、先の若紫巻の例以外にも散見される。

光源氏は、須磨への下向を前に東宮に別れを告げに訪れる。しかし、その別れの挨拶の贈歌に、東宮自身は答えられない。東宮は、「しばし見ぬだに恋しきものを、遠くはましていかに、と言へかし」（須磨巻・②一八三頁）と王命婦に代作の返歌を促す。

（光源氏）いつかまた春の都の花を見ん時うしなへる山がつにして

（王命婦）咲きてとく散るはうけれどゆく春は花の都を立ちかへり見よ

（須磨巻・②一八二―三頁）

代作の返歌は、贈歌の「春」「都」「花」「見る」の語を引き受けて照応している。あたかも東宮自身の作のような歌いぶりで、第三者的に俯瞰する立場から詠んだ前掲の明石の入道らの代作歌とは異質である。実は、王命婦はすでに藤壺とともに出家したはずであり（賢木巻・②一三四頁)、この場面に登場するのは不自然なのであった。東宮が現在八歳で、作歌が困難なために無理に作られた設定ともいえようが、代作者として王命婦が選び取られたのは、東宮誕生の秘密を知る者ならではの、東宮自身すら超えた代作が、物語に要請されたからであろう。

その一方、幼少者自身が返歌する場合もある。初音巻、母明石の君の年始の歌には、「この御返りは、みづから聞こえたまへ」(初音巻・③一四六頁)と言う光源氏に従い、幼い明石の姫君が返歌した。

(明石の君)年月を**まつ**にひかれて経る人にけふ鶯の初音きかせよ

(姫君)ひきわかれ年は経れども鶯の巣だちし**松**の根をわすれめや　(初音巻・③一四六頁)

この直後には、「幼き御心にまかせてくだくだしくぞある」とあって、姫君の和歌は稚拙だと批評されている。確かに、返歌は、「松」「経」「鶯」「ね(音・根)」という具合に贈歌と多くの語を共有するが、語順の照応関係が錯綜しており、いくぶん冗長な印象を免れない(第四章参照)。しかし、表現の稚拙さを演出してまで明石の姫君に自作の返歌を詠ませるのは、母明石の君への光源氏の慮りもさることながら、八歳にして紛いなりにも和歌を詠める明石の姫君の早熟を印象付け、十一歳で入内、十三歳で出産、という後続の展開を容易にするためではなかったか。

前掲の八歳の東宮のための王命婦の代作を考えれば、八歳という年齢は和歌が詠めても詠めなくても不自然ではなかったようである。だとすれば、物語は、須磨巻では出生の秘密を共有するには幼すぎる東宮を、初音巻では明石の姫君の早熟を、印象付けたかったのではなかろうか。同様の論法で言えば、若紫巻の紫の上が自ら返歌できない設定も、多分に物語の作為の産物とおぼしい。

さらには、次のような事例も代作と地続きにあるとは考えられまいか。夕霧が誕生し、葵の上が亡くなった後、光源氏が葵の上の母大宮と贈答を交わす場面である。

枯れたる下草の中に、竜胆、撫子などの咲き出でたるを折らせたまひて、中将の立ちたまひぬる後に、若君の御乳母の宰相の君して、

（光源氏）「草枯れのまがきに残るなでしこを別れし秋のかたみとぞ見る

匂ひ劣りてや御覧ぜらるらむ」と聞こえたまへり。……（略）……

（大宮）　今も見てなかなか袖を朽たすかな垣ほ荒れにし大和なでしこ

（葵巻・②五六―七頁）

光源氏の贈歌は、夕霧の乳母宰相の君によって撫子の花とともに大宮に贈られたもので、贈歌、答歌ともに「なでしこ」の語を有している。やや突飛かもしれないが、この光源氏の贈歌は、見ようによっては生まれて間もない夕霧への詠みかけとは取れまいか。返歌不能な夕霧に代わり、第三者の立場から大宮が返歌したと解するのである。前掲の若紫巻の紫の上の祖母尼君や、

明石巻の明石の入道のように、和歌を詠みかけられた者の庇護者として、第三者的視点から詠む場合の類例とは考えられないだろうか。

そもそも大宮の和歌は物語中、葵巻に二首、須磨巻に一首、行幸巻に一首の計四首が描かれる。夫左大臣の和歌は桐壺巻の桐壺帝への返歌の一首のみだから、大宮の歌はむしろ多いとも言えよう。しかも、行幸巻の玉鬘裳着の際の贈答を除けば、三首までが光源氏への返歌なのである。二組目は葵巻末、光源氏が左大臣家を去る折の贈答、三組目は光源氏の須磨下向前の別れの贈答である。

・（光源氏）あまた年今日あらためし色ごろもきては涙ぞふる心地する
（大宮）新しき年ともいはずふるものはふりぬる人の涙なりけり　（葵巻・②七九頁）

・（光源氏）鳥辺山もえし煙もまがふやと海人の塩やく浦見にぞ行く
（大宮）亡き人の別れやいとど隔たらむ煙となりし雲居ならでは　（須磨巻・②一六八―九頁）

いずれも亡き葵の上を偲んだものだが、三組目の須磨巻の贈答が「若宮の御乳母の宰相の君して、宮の御前より御消息聞こえたまへり」（須磨巻・②一六八頁）と、夕霧の乳母によって仲介されている点に注目すれば、あたかも幼い夕霧に代わって光源氏に応じている体にもみえる。そして、夕霧の成熟と同時に役割を終えるように、大宮は和歌を詠まなくなる。

薄雲巻、明石の君が娘を手放す決心をした折の乳母との贈答も、これに近いものがある。

（明石の君）雪ふかみみ山の道は晴れずともなほふみかよへあと絶えずして

（乳母）　雪間なき吉野の山をたづねても心のかよふあと絶えめやは　　（薄雲巻・②四三二頁）

深い雪の道を越えて便りを求める明石の君の贈歌は、姫君本人への贈歌と解しても差し支えなく、乳母も贈歌の語順をなぞるように変わらぬ交流を誓って、姫君の代作とは言えないまでも深い共感を寄せた返歌をする。さらに別れの場面はこうである。

姫君は、何心もなく、御車に乗らむことを急ぎたまふ。寄せたる所に、母君みづから抱きて出でたまへり。片言の、声はいとうつくしうて、袖をとらへて「乗りたまへ」と引くもいみじうおぼえて、

（明石の君）　末遠き二葉の松にひきわかれいつか木高きかげを見るべき

えも言ひやらずいみじう泣けば、さりや、あな苦しと思して、

（光源氏）　「生ひそめし根もふかければ武隈の松に小松の千代をならべん

のどかにを」と慰めたまふ。　（薄雲巻・②四三三—四頁）

母親を車に誘う幼い娘に、明石の君は感極まって和歌を詠む。娘との再会をいぶかしむ心情からすれば娘自身への詠みかけでもあろう。これに対して、光源氏は、贈歌の「二葉の松」を受けて「武隈の松」「小松」と母娘の再会を歌う。娘の言葉にならない内なる声を、心に汲んだ返歌といえよう。

これら、幼い夕霧や明石の姫君をめぐる贈答は、狭義には代作とは呼べないものの、代作の延長上にあると考えてもよいのではなかろうか。総じて、贈答歌の営為は一対一の個の対峙ではなく、その場の複数の人物の心の集約であり得る。代作とは、和歌を〈個〉の産物とする意識が希薄なところに成り立つのであり、こうした、〈場〉の産物ともいうべき和歌の理解が掘り下げられてもよいと思われる。

三　代作にまつわる誤読

和歌を個に帰し得ない場合として、作者が誰であるか、判断し難い事例もある（B・C）。光源氏と末摘花との最初の逢瀬では、侍従が末摘花当人を装って代作をした。代作が代作と知られない形である。光源氏は、対面はしたものの容易には言葉を交わさない末摘花に、身分の高さからすればなまじに風流を気取るよりもよい、としつつも、あまりの手ごたえのなさに落胆して和歌を詠む。すると乳母子侍従が、末摘花の代作の返歌をしたのであった。

（光源氏）「いくそたび君がしじまに負けぬらんものな言ひそといはぬたのみにのたまひも棄ててよかし。玉だすき苦し」とのたまふ。女君の御乳母子、侍従とて、はやりかなる若人、いと心もとなうかたはらいたしと思ひて、さし寄りて聞こゆ。

（女）　鐘つきてとぢめむことはさすがにてこたへまうきぞかつはあやなき
（末摘花巻・①二八三頁）

侍従の返歌は光源氏の贈歌に何ほども照応していないが、「いと若びたる声の、ことに重りかならぬを、人づてにはあらぬやうに聞こえなせば、ほどよりはあまえてと聞きたまへど」（末摘花巻・①二八三頁）と、あえて末摘花を装う侍従の巧みな演技に、光源氏は末摘花本人の返歌として聞いている。

続く後朝の贈答は、異例にも夕方であった。

（光源氏）「夕霧のはるる気色もまだ見ぬにいぶせさそふる宵の雨かな

雲間待ち出でむほど、いかに心もとなう」とあり。おはしますまじき御気色を人々胸つぶれて思へど、「なほ聞こえさせたまへ」とそそのかしあへれど、いとど思ひ乱れたまへるほどにて、え型のやうにもつづけたまはねば、「夜更けぬ」とて、侍従ぞ例の教へきこゆる。

（女）　晴れぬ夜の月まつ里をおもひやれおなじ心にながめせずとも

口々に責められて、紫の紙の年経にければ灰おくれ古めいたるに、手はさすがに文字強う、中さだの筋にて、上下ひとしく書いたまへり。（末摘花巻・①二八六―七頁）

思い乱れる末摘花には返歌は作れず、侍従に教えられるがままに記した。この返歌を手にした光源氏は、当人の筆跡である以上、侍従の手助けを疑う余地はあっても、侍従の作と確信するには到らなかったはずである。つまり、この和歌は少なくともこの時点では〈末摘花の歌〉なのであった。

そもそも、このように男女の結婚当初の後朝の贈歌への返歌が代作であることは、決して異例ではなく、むしろ代作であることで女君の格式が保たれたふしがある。同時に、『源氏物語』では、結婚当初の後朝の文への返歌が当人の作か代作かは、物語の展開と緊密に絡み合って設定されているようでもある。

女君自身が返歌をする例としては、夕霧に対する雲居雁が挙げられる。夕霧と雲居雁の場合、二人は数年にわたって文を通わしていた仲だから、藤裏葉巻での結婚の後朝の折だけ代作というのも不自然である。だからであろうか、ここでは夕霧の贈歌だけが描出され、雲居雁の父内大臣の目に触れた後、「御返りいと出で来がたげなれば」（藤裏葉巻・③四四二頁）と、雲居雁が返歌に苦慮する様子が描かれるだけで、返歌自体は叙述されない。結婚初日の女君自身による返歌は軽々しい印象が否めないために、叙述の上では省略されたのではなかろうか。

紫の上も、新枕の後の光源氏の贈歌に返歌をしない（葵巻・②七一頁）。光源氏の思いがけない振る舞いに動揺を隠せない紫の上の幼さゆえ、と解釈するのが一般的であろうが、これまでの両者の関係からすれば女君自身が返歌して当然のところを、紫の上の格式を保つために省略したとも解せる。『落窪物語』でも落窪の君は最初の後朝の文には返歌をしていないから、紫の上の結婚に『落窪物語』の引用を読み取ることもできるだろう。

光源氏と女三の宮の場合は、宮の自筆の返歌が描写されているが、これはすでに結婚五日目に相当する。光源氏は、女三の宮の身分がら、その稚拙な筆跡を紫の上に見抜かれまいと憚るのだが、紫の上は「後目に見おこせて添ひ臥したまへり」（若菜上巻・④七二頁）と、背後から視線を投げかける。宮の返歌の稚拙さをもってこの場面を構築したいがための設定と考えれば、結婚初日目では乳母か女房の代作の返歌が自然だから、あえて結婚五日目に設定されたとも考えられる(3)（第一章参照）。

この場面の物語内引用と思われるのは、匂宮と夕霧の六の君の場合である。結婚初日の翌日、中の君の目前で六の君の返歌を見る設定である。「継母の宮の御手なめりと見ゆれば、いますこし心やすくて、うち置きたまへり」（宿木巻・⑤四一〇頁）と、継母落葉の宮の「宣旨書き」であることで安堵している。女三の宮と異なり、夕霧の六の君を優れた女として造型しつつも、匂宮と中の君の関係に重きをおきたい物語は、六の君本人の優れた返歌を掲げるわけにもいかず、代作の返歌の場面を掲げることにしたのではなかったか。

さてそれでは、末摘花の件に話題を戻そう。これらを踏まえれば、前掲の侍従による代作の返歌は異例とは言い難い。従って光源氏も、通常ならば代作を疑いながら聞いてもよかったはずである。それにも拘らず、光源氏が末摘花の作と感じるのは、これまでどんなに和歌を贈っても応じなかった末摘花が、珍しく反応を示したからであろう。その意味では、この時点の光源氏にとって、これはまさしく〈末摘花の歌〉なのであった。

とはいえ、物語は最終的にこの和歌を末摘花の歌とは位置付けはせず、末摘花自身の作と侍従の作とに、明瞭な線引きをする。というのは、その後の末摘花の和歌には、周知の通り、「唐衣」の表現が頻用されるからである。

a　からころも君が心のつらければたもとはかくぞそぼちつつのみ　（末摘花巻・①二九九頁）

光源氏への歳暮の衣に添えて末摘花が贈ったもので、「唐衣」の歌の始まりである。ここに及んでようやく、光源氏は「これこそは手づからの御事の限りなめれ、侍従こそとり直すべかめれ、また筆のしりとる博士ぞなかべき」（末摘花巻・①二九九頁）と、これまでの侍従の手助けに気づくことになる。

さらに末摘花の歌を一覧してみたい。

b　たゆまじき筋を頼みし玉かづら思ひのほかにかけ離れぬる　（蓬生巻・②三四二頁）

c　亡き人を恋ふる袂のひまなきに荒れたる軒のしづくさへ添ふ　（蓬生巻・②三四五頁）

d　年をへてまつしるしなきわが宿を花のたよりにすぎぬばかりか　（蓬生巻・②三五一頁）

e　きてみればうらみられけり唐衣かへしやりてん袖をぬらして　（玉鬘巻・③一三七頁）

f　わが身こそうらみられけれ唐衣君がたもとになれずと思へば　（行幸巻・③三一五頁）

bは大宰府に下向する侍従への餞別の歌、cは亡父を思う末摘花の独詠、dは光源氏の贈歌「藤波のうち過ぎがたく見えつるはまつこそ宿のしるしなりけれ」（蓬生巻・②三五一頁）に対する返歌である。これら、蓬生巻に見られる末摘花の三首の和歌は、いずれも「唐衣」とは無縁である。eは、玉鬘巻、光源氏からの歳暮の衣に対する返礼の歌で、光源氏の働きかけに応じたとはいえ末摘花の贈歌であり、fは、行幸巻、玉鬘の裳着に祝儀として末摘花が贈った衣に添えたもので、純然たる末摘花からの贈歌である。

eとfは第二句・第三句が「うらみられけり唐衣」「うらみられけれ唐衣」とほとんど同一で、aの末摘花巻の歌も含め、末摘花から光源氏への贈歌は三首ともに「唐衣」「つらし・うらみ」「たもと・袖」の語で仕立てられている。末摘花と光源氏との交流が衣の授受に限られたためでもあろうが、末摘花の作歌能力の限界が現れており、ついには光源氏に「唐衣またからころもからころもかへすがへすもからころもなる」（行幸巻・③三一五頁）と揶揄されてしまう。

蓬生巻の末摘花の和歌b・c・dに「唐衣」の表現が見られないところには、それが光源氏の贈歌に対する返歌であるという点を差し引いても、蓬生巻における末摘花の造型は明らかに美化されている。末摘花巻に見られた侍従の代作二首が「唐衣」とは無縁な歌である点からしても、詠み手の造型と和歌の表現とは、周到に描き分けられていると言えよう。一般に、同一の作中人物の和歌だからといって、連鎖的表現を抱えているとは限るまいが、末摘花の場合は、侍従がたとえ当人を装っていようと、代作と当人自身の和歌とは表現の上で峻別されており、作中和歌が誰の所産であるかが明瞭に描き分けられているのである。

後朝の歌ではないが、近江の君と弘徽殿女御の女房中納言の君の贈答もこれに類するものである。

(近江の君) 草わかみひたちの浦のいかが崎いかであひ見んたごの浦波 (常夏巻・③二四九頁)

近江の君の、地名を脈絡なく読み込んだ贈歌に対し、女御に代作を命じられた中納言の君は、「宣旨書きめきては、いとほしからむ」と、女御自身を装って返歌する。

(中納言) ひたちなるするがの海のすまの浦に波立ち出でよ箱崎の松 (常夏巻・③二五〇頁)

女御が本当に自分の作だと思われると困る、と当惑すると、中納言の君は「それは聞かむ人わきまへはべりなむ」(常夏巻・③二五一頁)と、近江の君にはわからなくとも、耳にした第三者には女御の作でないと明瞭にわかる、と答えるのである。実際の返歌の作者は中納言の君であり、誰が聞いても弘徽殿女御自身の作でないことは明瞭だが、近江の君にとってはあくまで〈弘徽殿女御の返歌〉として生きる。代作が、受け手の立場によっても、異なる作者の想定を可能とする一例といえよう。

類似の問題は、手習巻、浮舟と中将の物語にも認められる。ここでは、横川僧都の妹尼の亡き娘の婿中将が、浮舟に執心する。男の求愛を受ける気のない浮舟の意思に反して、関係の実現を願う妹尼は、代作の返歌で可能性を繋いでいく。最初は、

「聞こえさせつるやうに、世づかず、人に似ぬ人にてなむ。

(妹尼)うつし植ゑて思ひみだれぬ女郎花うき世をそむく草の庵に」(手習巻・⑥三一三頁)

とあって、妹尼の立場からの代作の返歌であったが、二度目の返歌は、

(妹尼)「秋の野の露わけきたる狩衣むぐらしげれる宿にかこつな

となん、わづらはしがりきこえたまふめる」(手習巻・⑥三一六頁)

とあって代作であるかどうかは判然としない歌いぶりである。また、三度目の返歌は、

(妹尼)ふかき夜の月をあはれと見ぬ人や山の端ちかき宿にとまらぬ

と、なまかたはなることを、「かくなん聞こえたまふ」と言ふに、(手習巻・⑥三一八頁)

と、妹尼は、自作の歌を浮舟作の返歌と装って、関係を進めようとする。のちに妹尼の留守に訪れた中将の贈歌に対する浮舟の返歌、

(浮舟)うきものと思ひも知らですぐす身をもの思ふ人と人は知りけり(手習巻・⑥三二八頁)

も、「わざと言ふともなきを、聞き伝へきこゆれば」と女房によって中将に伝えられるのだか

ら、中将には、最後まで、妹尼の代作と浮舟の自作とが峻別できなかった可能性もある。

代作の歌は、受け手の相手への理解が進むにつれて、事後的に代作であることが判明する場合もあれば、受け手の理解度によっては誤解が解けぬまま生き続けることもある。すなわち、代作した者と代作された者と、いずれもが作者になり得る可変性が、代作の妙味なのだといえるだろう。

四　読者をまどわす代作歌

読者にさえ、代作か否かの判断がつかない場合もある。
「かけまくもかしこき御前にて」と、木綿につけて、「鳴る神だにこそ、
(光源氏) 八州もる国つ御神もこころあらば飽かぬわかれのなかをことわれ
思うたまふるに、飽かぬ心地しはべるかな」とあり。いと騒がしきほどなれど、御返りあり。宮の御をば、女別当して書かせたまへり。
(女) 国つ神空にことわるなかならばなほざりごとをまづやたださむ
(賢木巻・②九一—二頁)
光源氏と六条御息所の娘の斎宮との最初の贈答である。光源氏には斎宮自身の作と理解された

ようで、「宮の御返りのおとなおとなしきを、ほほ笑みて見ゐたまへり。御年のほどよりはをかしうもおはすべきかなとただならず」（賢木巻・②九二頁）と好色心を掻き立てられるのだから、ここでは代作が代作と知られないことが肝要である。しかし実のところ、「宮の御をば、女別当して書かせたまへり」とあるのだから、斎宮の自作の歌を女別当が代筆したとも解釈できるし、(4)斎宮の立場からすれば、そもそも女別当の代作とも取れる。斎宮の身分の高さからすれば、光源氏の贈歌に軽々に自ら返歌する方が不自然だとも考えられる（第一章参照）。この返歌の主の正体が多少なりとも明らかになるのは、六条御息所死後のことである。光源氏からの贈歌に前斎宮が返歌した折に、「つつましげなる書きざま、いとおほどかに、御手すぐれてはあらねど、らうたげにあてはかなる筋に見ゆ」（澪標巻・②三一六頁）と評されるから、かつての文が少なくとも代筆だったと、この時点に到ってようやく、光源氏に判明するからくりなのである。

そのほか、柏木の遺言に導かれるように、夕霧が柏木の未亡人の落葉の宮を訪問した折の贈答も興味深い。

（夕霧）「ことならばならしの枝にならさなむ葉守の神のゆるしありきと

御簾の外の隔てあるほどこそ、恨めしけれ」とて、長押に寄りゐたまへり。……この御あへしらひ聞こゆる少将の君といふ人して、

（女）「柏木に葉守の神はまさずとも人ならすべき宿の梢か
うちつけなる御言の葉になむ、浅う思ひたまへなりぬる」と聞こゆれば、げにと思すにす
こしほほ笑みたまひぬ。（柏木巻・④三三八頁）

この返歌の作者は誰か。「少将の君といふ人して」とは少将の君が伝達したことは明らかだが、作者は少将の君か、一条御息所か、落葉の宮か、判然としない。(5) ちなみに、夕霧と落葉の宮との二度目の贈答にも不審な点がある。

……切に簾の内をそそのかしきこえたまへど、ましてつつましきさし答へなれば、宮はただものをのみあはれと思しつづけたるに、
（夕霧）言に出でていはぬもいふにまさるとは人に恥ぢたるけしきをぞ見る
と聞こえたまふに、ただ末つ方をいささか弾きたまふ。
（女）深き夜のあはればかりは聞きわけどことよりほかにえやは言ひける
飽かずをかしきほどに、さるおほどかなる物の音がらに、古き人の心しめて弾き伝へける、同じ調べのものといへど、あはれに心すごきものの、かたはしを掻き鳴らしてやみたまひぬれば、恨めしきまでおぼゆれど……（横笛巻・④三五五―六頁）

夕霧に促されて落葉の宮は琴を奏するが、すぐに琴の音は絶えてしまう。このの ち夕霧は琴の音を惜しむものの、落葉の宮の母一条御息所と贈答するほかない。つまり、この返歌は代作か

もしれないし、代作にしては落葉の宮の心に即し過ぎているというならば、夕霧の耳に届かない落葉の宮の心の内なる返歌ではあるまいか。ここで夕霧・落葉の宮の贈答が成立していたとすれば、その後に夕霧・一条御息所の贈答が描かれるのは、きわめて不自然なのである。のちの夕霧巻冒頭にも「みづからなど聞こえたまふことはさらになし」（夕霧巻・④三九六頁）とあり、「なべての宣旨書きはものしと思しぬべく」（夕霧巻・④三九七頁）と、落葉の宮は女房達から直筆の返事をするようにと勧められるから、横笛巻の時点では、落葉の宮はまだ夕霧と直接贈答していないと考えられるのである。もっとも、夕霧巻冒頭で、これまでさしたる交渉がなかったと語るのは、夕霧と落葉の宮の関係を、一から語り直そうとする作為なのだとも解せるけれども。

ともあれ、これらから類推するに、『蜻蛉日記』冒頭の兼家への返歌は代作かと思われる。(6)

（兼家）音にのみ聞けばかなしなほととぎすこと語らはむと思ふ心あり

とばかりぞある。「いかに。返りごとはすべくやある」など、さだむるほどに、古代なる人ありて、「なほ」とかしこまりて書かすれば、

（女）　語らはむ人なき里にほととぎすかひなかるべき声なふるしそ　（上巻・天暦八年夏）

一般には道綱母の作とされる返歌だが、その後の返歌が女房の代作だから不自然なのである。

これをはじめにて、またまたもおこすれど、返りごともせざりければ、また、

（兼家）おぼつかな音なき滝の水なれやゆくへも知らぬ瀬をぞたづぬる

これを、「いまこれより」と言ひたれば、痴れたるやうなりや、かくぞある。

（兼家）人知れずいまやいまやと待つほどにかへりこぬこそわびしかりけれ

とありければ、例の人、「かしこし。をさをさしきやうにも聞こえむこそよからめ」とて、さるべき人して、あるべきに書かせてやりつ。それをしもまめやかにうち喜びて、しげう通はす。（上巻・天暦八年夏）

最初の返歌が「古代なる人ありて……書かすれば」、二度目の返歌が「例の人……さるべき人して、あるべきに書かせて」とある。「古代なる人」「例の人」はいずれも道綱母の母と見られ、「書かす」の使役表現も共通する。二度目の返歌は、道綱母の母の指示で女房に代作か代筆をさせたのであろう。兼家が二度目の返歌にかなり喜んだ様子であり、かつ、後続の兼家の和歌に「いづれともわかぬ心は添へたれどこたびはさきに見ぬ人のがり」とあるから、最初に作者の自筆の文があれば代作の返歌にさほど感動したとは考えにくい。

従来一般に、最初の返歌が道綱母の作とされてきたのは、これが代作とは明示されていないことに加えて、その後の代作の返歌が日記には載せられないため、採録された和歌は作者の歌であるという判断であったのだろう。確かに『源氏物語』でも、蛍宮の求愛に対する玉鬘の女房宰相の君の代作などは、物語に叙述されていない（蛍巻・③一九七頁）。もし兼家の贈歌に対する最初の返歌が代作ならば、なぜこの日記の冒頭で紹介されたのかという疑問も残る。道綱母の作を女房に代筆させたか、女房の作だが最初の一首だけは省略せずに載せたか――、前者の可能性が濃厚であろうか。

しかし、当時の読者にとって、求婚初期の返歌が当人の作でないことはむしろ自明であったのではなかったか。この作品の冒頭に記すことで、仮にもともとは女房の代作であろうと結果的に作者の歌として生きることになる、それをこの日記の作者は容認したということなのである。その意味では本来の作者が誰かは、もはや問う必要はない。

五　歌の作者は誰か

このような観点を煎じ詰めると、次の和歌の詠み手が誰なのかも疑問視されてくる。

花散里も、悲しと思しけるままに書き集めたまへる御心ごころ見たまふは、をかしきも目馴れぬ心地して、いづれもうち見つつ慰めたまへど、もの思ひのもよほしぐさなめり。

g　荒れまさる軒のしのぶをながめつつしげくも露のかかる袖かな

（須磨巻・②一九六頁）

須磨の光源氏からの文を花散里姉妹が見ている場面である。光源氏の贈歌は描写されず、返歌のみが描かれるが、この返歌の作者は誰なのか。一般には花散里と解されるが、姉の麗景殿女御、あるいは二人の合作の可能性はないか。ちなみに花散里の和歌は、

h　月影のやどれる袖はせばくともとめても見ばやあかぬ光を　（須磨巻・②一七五頁）

i　水鶏だにおどろかさずはいかにして荒れたる宿に月を入れまし　（澪標巻・②二九八頁）

と続き、当該歌gは、h・iの二首の間に位置する。hに「月影」「やどれ」「袖」、当該歌gに「荒れまさる軒」「袖」、iに「荒れたる宿」「月」の表現があり、花散里の歌としての表現の連鎖が見出せる。この限りでは、g「荒れまさる軒……」の歌は、花散里の歌と理解して差し支えないように見える。

ところが、花散里巻での光源氏の贈歌「橘の香をなつかしみほととぎす花散る里をたづねてぞとふ」（花散里巻・②一五六頁）に対する麗景殿女御の返歌は、

人目なく荒れたる宿は橘の花こそ軒のつまとなりけれ　（花散里巻・②一五七頁）

とあって、「荒れたる宿」「軒」など、須磨巻の花散里の歌h・gや澪標巻の花散里の歌iと表現が酷似している。初期の花散里について姉妹の造型の未分化が問題となる所以であろう。一般に、同一の作中人物であるから和歌の表現が連鎖性を抱えるとは一概には言えないし、異なる作中人物間にも和歌の表現が照応する場合はあり得るが、少なくともここでは、前掲gの「荒れまさる軒……」の歌の作者については、麗景殿女御・花散里姉妹のいずれとも決定し難

く思われる。

最後に、夕顔巻冒頭の贈答歌を取り上げたい。

（女）　心あてにそれかとぞ見る白露の光そへたる夕顔の花

（光源氏）寄りてこそそれかとも見めたそかれにほのぼの見つる花の夕顔

（夕顔巻・①一四〇―一頁）

贈答のそれぞれの第二句「それかとぞ見る」「それかとも見め」、第五句「夕顔の花」「花の夕顔」が照応、贈歌と返歌は語順をなぞって同一の語句を詠んでいる（第四章参照）。この贈歌には、夕顔の作ではなく夕顔の女房達の合作と見る説もある（第一章参照）。後の光源氏と夕顔の贈答、

（光源氏）夕露に紐とく花は玉ぼこのたよりに見えしえにこそありけれ

（夕顔）　光ありと見し夕顔の上露はたそかれ時のそらめなりけり　（夕顔巻・①一六一―二頁）

が、冒頭の贈答歌の表現「露」「光」「夕顔」「花」「たそかれ」等を踏まえるから、冒頭の贈歌「心あてに」の歌は夕顔の作と理解するのが穏当であろう。が、巻頭の贈歌がもし女房の合作であったとしても、女房の歌は最終的には女主人夕顔に帰属する、と解釈するならば、表現が連鎖しても構わないことになる。こうなってくると、冒頭の贈歌の作者が誰かを問うこと自体が、半ば無意味になる。

交わした。

ところで、夕顔巻頭での贈答ののち、光源氏は六条わたりの女の女房、中将の君と贈答歌を

（光源氏）　咲く花にうつるてふ名はつつめども折らで過ぎうきけさの朝顔

（中将の君）朝霧の晴れ間も待たぬけしきにて花に心をとめぬとぞ見る　（夕顔巻・①一四八頁）

光源氏の贈歌は、巻頭の夕顔との贈答とは対照的に、第五句に「けさの朝顔」を詠む。対する中将の君は、それを尻取り風に受けて初句に「朝霧の」と「朝」の語を詠むものの（第四章参照）、「朝顔」の語自体は避けて光源氏の懸想を巧みにいなし、「公事にぞ聞こえなす」と、あたかも女主人の代作として返歌した風を装っている。

ここで、中将の君の返歌の下の句「花に心をとめぬとぞ見る」が注目されよう。表面上は光源氏の贈歌に答えたものだが、語彙は、巻頭の夕顔の歌の上の句「心あてにそれかとぞ見る」の表現にも連動している。中将の君が夕顔の贈歌を知る由もないから、これらに表現の連鎖を認めたとしても、それは作中人物の意識とはもはや別次元の問題ということになる。夕顔巻頭の四首の歌があたかも連作であるかのように連鎖的表現を抱えるところには、『源氏物語』の贈答歌が単純な意味で作中人物の産物とは言い難いものをうかがわせる。

おわりに

贈答歌の営為は一対一の個の対峙ではなく、その場の複数の人物の心の集約であり得る。代作とは、和歌を〈個〉の産物とする意識が希薄なところ、いわば〈場〉の産物とするところに成り立つものであろう。代作の歌は、当初からそれと判っている場合もあれば、受け手の相手への理解が進むにつれて事後的に代作と判明する場合もあり、また、受け手の理解度によっては誤解がついに解けない場合もある。代作とは、代作した者と代作された者と、いずれもが作者になり得る可変性を抱え続けるのであり、果ては読者までも解けぬ謎に巻き込んでいく。

作中和歌の作者は誰か。作中人物、物語の語り手、物語の作者といった存在を重層的に想定する必要があろう。一首の和歌について複数の作中人物が作者たりえる代作の営為は、平安朝の実態に根ざしながら、語りの物語に駆使された方法なのである。

〔注〕

（1）「代作」については、峯岸義秋「歌合における代作の問題」（『文藝研究』五、一九五〇年十月）、天川恵子「代作歌の流れ」（『平安文学研究』五三、一九七五年六月）、森田兼吉「和泉式部の代作歌」（『日本文学研究（梅光女学院大学）』一六、一九八〇年十一月）、小町谷照彦「代作」（『日本古典文学大辞典』岩波書店、一九八四年）、菊池靖彦「『蜻蛉日記』下巻の道綱贈答歌群をめぐって――集団から集団への歌、及び代作ということに触れて――」（『源氏物語と日記文学　研究と資料　古代文学論叢第十二輯』武蔵野書院、一九九二年）、斎木泰孝「代筆をする女房たち――人づてと宣旨書き――」（初出一九九五年、『物語文学の方法と注釈』和泉書院、一九九六年）、針本正行「和泉式部の恋の代作歌――「男の、女のもとにやるとて、よませし」攷――」（『駒木原国文』六、一九九五年三月）、久保木哲夫「『源氏物語』における代作歌」（初出二〇〇三年、『折の文学　平安和歌文学論』笠間書院、二〇〇七年）、松村雄二「和歌代作論」（『国文学研究資料館紀要　文学研究篇』三一、二〇〇五年二月）など。

（2）語りと和歌の問題については、土方洋一「源氏物語における画賛的和歌」（初出一九九六年十二月、『源氏物語のテクスト生成論』笠間書院、二〇〇〇年）、高田祐彦「語りの虚構性と和歌」（初出一九九七年九月、『源氏物語の文学史』東京大学出版会、二〇〇三年）

（3）『岷江入楚』は乳母の歌とする。

（4）『河海抄』の説。

（5）古注以来見解が割れ、『細流抄』一条御息所説、『弄花抄』落葉の宮説。現代注では新潮日本古典集成が前者、小学館新編日本古典文学全集が後者。

（6）新編日本古典文学全集（小学館）頭注（木村正中）、木村正中「『鑑賞日本の古典』蜻蛉日記」（初出一九八〇年、『中古文学論集　第三巻　蜻蛉日記（下）』おうふう、二〇〇二年）は代筆の可能性を示唆する。

第II部　贈答歌の方法

第三章　女から歌を詠むのは異例か——和泉式部日記の贈答歌——

はじめに

和歌は通常男から女へと贈るもので、女からの贈歌の場合は、女の危機感が暗示される、などと言われることがある。しかし、女からの贈歌を関係への危機意識の表れと捉えるだけでは不充分ではなかろうか。この問題について、改めて吟味してみたい。

つとに鈴木一雄氏は、女からの贈歌の場合は女の特別な感情、意志、要求が働き、女の心の不安と緊張、女の二人の関係への危機感が暗示される、と指摘した。(1)『和泉式部日記』の贈答歌の詳細な分析を踏まえてのことであろうが(2)、その後の研究史においては、「女からの贈歌は女の危機感の表れ」という、いささか紋切り型の理解が一人歩きした感も否めない。鈴木一雄氏が明瞭に区別している、何らかの男の働きかけに応じた女の贈歌と、女が自発的に詠んだ贈歌とを混同した議論さえも、まま見受けられる。男女の逢瀬の翌朝に、男から女へ和歌が贈られる風習は、すでに平安朝初期の文献に確かめられるし、とりわけ婚儀第一夜の翌朝の場合は儀礼化していたと考えられる。(3) しかしながら、それをもって、男女間のあらゆる贈答歌について、男から贈られるのが常態だと考えるとしたら、いささか無理があるのではなかろうか。

この問題の吟味のためには、まず、『和泉式部日記』の贈答歌の分析が不可欠であろう。そこで試みに、『和泉式部日記』を多種多様な物語的場面の累積として捉える立場から、再考してみたいと考える。

一　贈答歌の形式の分類

この日記には、きわめて多様な贈答の形式が見受けられる。贈答歌の基本形が、贈歌と答歌、それぞれ一首ずつの一対であるとすれば、それを逸脱した変則的な贈答歌が多く見られるのである。たとえば、石山寺に参籠した女と都の師宮との贈答（53〜59、以下、歌番号は『新編国歌大観』による）、手習の歌に対するそれぞれに初句を揃えた返歌の贈答（65〜73）、古歌をそのまま借用した贈答（136・137）などが挙げられよう。この日記における贈答歌の形式の多様さについてはすでに論じられてもいるが、(4) 改めて考察してみる必要を感じる。

そこでまず、贈答の形式別に分類しておきたい。すでに鈴木一雄氏『全講和泉式部日記』に簡便な一覧があるが、見解が異なる箇所もあるので改めて私見を示しておきたい。詳細は後掲する。(5)

（A）宮から和歌を詠む場合 ―― 三一例
（B）宮から言葉・手紙（散文のみ）・物・人を遣わして始まる場合 ―― 一五例
（C）女から和歌を詠む場合 ―― 一〇例
（D）女から言葉・手紙（散文のみ）・物・人を遣わして始まる場合 ―― なし

まず、宮からの贈歌で始まる贈答歌が圧倒的に多く（A）、なかでも、宮からの贈歌一首と女の答歌一首という一対が二三例見られ、典型的な贈答歌の形が意外に多いことがわかる。また、一見、女から宮への贈歌に見える場合でも、多くは宮の働きかけに応じたものであり（B）、純然たる女からの贈歌は限られている（C）。さらには、女から、和歌のない散文だけの手紙や物が贈られて始まる贈答歌はない（D）。そのほか、和歌に添えられる散文の詞は、引歌等も含めて宮の方がやや饒舌である、などといった傾向が見受けられる。

ただし、以上はあくまでも現在ある本文に即した分類であって、宮と女との間に交わされた贈答歌の事実そのものではあるまい。そもそも日記には、起こった事態がすべて描かれるわけではないからである。

また、御文あり。ことばなどすこしこまやかにて、

（宮）「語らはばなぐさむこともありやせむ言ふかひなくは思はざらなむ（5）

あはれなる御物語聞こえさせに、暮にはいかが」とのたまはせたれば、

（二〇頁）

この場合、「ことばなどすこしこまやかにて」という地の文からして、おそらくは和歌に先んじて、言葉を尽して書かれた散文の文面があったとおぼしい。その中で、和歌を中心とする手紙の一部分だけが切り出されて叙述された、と理解するのが適当ではなかろうか。

だとすると、和歌を伴わず散文の手紙だけが描写されている場合でも、実際には和歌が詠まれていた可能性は否定できない。たとえば次の場合はどうであろうか。

「今日やものへは参りたまふ。さていつか帰りたまふべからむ。いかにましておぼつかなからむ」とあれば、

（女）「折すぎてさてもこそやめさみだれて今宵あやめの根をやかけまし（18）

とこそ思ひたまふべかりぬべけれ」

（二五―六頁）

一見、女からの贈歌に見えても、実際には宮の手紙には散文だけでなく贈歌があって、にもかかわらず、省略されて日記に採録されなかったとも考えられる。女から、物や散文の手紙だけを贈るところから両者の交渉が始まる事例はなく（D）、逆に、宮からは贈歌がなくとも、手紙や伝言などといった何らかの働きかけがあれば、女は原則的に返歌しており、女側が和歌を

伴わない散文の手紙や物だけを返すことは稀だった。(6) ここに、宮と女との不均衡な関係が暗示されていよう。宮からの散文のみの手紙は、もともとあった和歌が省略されたものかもしれないが、あえてそのような脚色が施されたのだとすればなおさら、なぜそのような関係として描出する必要があったのかが問われてくるはずである。

宮はわずかな働きかけによって、女の和歌を引き出すことができた。宮から、手紙なり伝言なりが遣わされれば、女は和歌を詠まざるを得ないのである。あるいは、それが二人の関係の事実ではなく、作品として作られる際に加えられた脚色であるならばなおさら、女の立場の弱さが強調されることにもなろうか。

たとえば、両者が初めて逢瀬の時を持った翌日のやりとりを見てみよう。

思ひ乱るるほどに、例の童来たり。御文やあらむと思ふほどに、さもあらぬを心憂しと思ふほども、すきずきしや。帰り参るに聞こゆ。

（女）待たましもかばかりこそはあらましか思ひもかけぬ今日の夕暮（11）

御覧じて、げにいとほしうもとおぼせど、かかる御歩きさらにせさせたまはず。……（中略）……暗きほどにぞ御返りある。

（宮）「ひたぶるに待つとも言はばやすらはで行くべきものを君が家路に（12）

おろかにやと思ふこそ苦しけれ」とあるを「なにか。ここには、

（女）かかれどもおぼつかなくも思ほえずこれも昔の縁にこそあるらめ（13）

と思ひたまふれど、なぐさめずはつゆ」と聞こえたり。……（二三―四頁）

初めての逢瀬の翌日の夕暮れ、訪れた小舎人童が宮の文を持参していないことに、女は落胆を隠せない。連日の宮の訪問を、ひそかに期待したのだろう。このような場合、「待たましも」の歌を単純に女からの贈歌とは捉えられまい。なぜなら、童が自発的に遊びに来たとは考え難く、やはり宮に遣わされたに相違ないからである。童が来たからには、手ぶらで宮のもとに帰らせることができようか。身分差からしても、女の心情からしても、返歌せざるを得なかったのではなかろうか。その意味で、『源氏物語』夕顔巻冒頭のあり方を思わせる、女の贈歌を暗に促した男の所為だと考えられる（第一章参照）。女は、「待たましもかばかりこそはあらましか……」と、男の訪問などそもそもあてにはしていない、と気丈に振舞いながら、「思ひもかけぬ」と、心外だという思いをぶつけることしかできない。一方の宮の歌は、強気を装った女の歌の言葉尻を捉えるように、「ひたぶるに待つとも言はば……」と今夜訪問しないことの弁解をする。この一連の贈答は、表面的には女の贈歌と宮の返歌、という形になっているが、宮の和歌は再び小舎人童によって届けられたはずだから、女は、童を手ぶらでは返せず、再度「かかれども……」と返歌したのであろう。結果的には、女の贈歌↓宮の返歌↓女の返歌、の形となっている。

文が交わされる場合、伝達者がどちら側に仕える者かによって、その往復がどこまで続くかが左右される。宮の側の使者は最後には宮のもとに帰るわけだから、必然的に最後の和歌を詠む機会は女の側にもたらされてしまう。翻ってみれば、冒頭の場面で、宮から「おなじ枝に」の歌を贈られながら、「をかしと見れど、つねはとて御返りも聞こえさせず」（一九頁）と返歌しなかったのは、女の毅然とした姿勢を示した一節だったといえる。

このように、一見、女からの贈歌のように見えても、実は宮の何らかの働きかけに応じざるを得なかった場合（B）を除くならば、純然たる女からの働きかけによって両者の交渉が始まるやりとりは決して多くはない（C）。女からの贈歌に始まる贈答歌をいかに理解するかが、重要な課題として浮上してくるゆえんである。

二　女からの贈歌の孕むもの

それでは、女からの贈歌をどのように考えればよいのだろうか。女からの贈歌は、女の危機感の表れとも(7)、感情の高揚の表れともいわれるが(8)、そのように当事者の内面の動きに因果付ける理解が適切なのかどうか、疑問に思われるところがある。そこで以下、宮の働きかけを契機とする事例（B）ではなく、純粋に女から詠みかけた贈歌によって成り立つ十組の贈答歌（C、

14↓15、31↓32、41↓44、51↓52、82↓83、97↓98、114↓115、116↓117、118↓119、132・133↓134・135）を対象に、順を追って個々の事例を具体的に検討していきたい。

晦日の日、女、

（女）ほととぎす世にかくれたる忍び音をいつかは聞かむ今日もすぎなば（14）

と聞こえさせたれど、人々あまたさぶらひけるほどにて、え御覧ぜさせず。つとめて、もて参りたれば見たまひて、

（宮）忍び音は苦しきものをほととぎす木高き声を今日よりは聞け（15）　（二四頁）

初めての逢瀬以後進展がなかった二人の関係であるが、この女からの贈歌は宮の再度の訪問を促すことになる。その意味で、この女の贈歌は、両者の関係の危機を救うものになっていく。しかし問題は、これが「晦日の日」だという点にある。女からの和歌は、すぐには宮の目に触れず、宮の返歌は翌日、すなわち翌月となった。両者の下の句、「いつかは聞かむ今日もすぎなば」「木高き声を今日よりは聞け」の表現の照応からしても、一対の贈答歌が二ヶ月にわたる、という趣向に妙味があるのであろう。この贈答歌は、「ほととぎす」「忍び音」「聞く」「今日」といった語を共有し、語順を換えて詠み込んで、呼吸の合った一対となっている。だとすれば、ここでの女からの贈歌は、「女の、恋に対するある種のあせりや不安」(9)の表現であるとしても、同時に、折を見過ごさない女の心様の表れではなかったか(10)。さらにうがった見方をす

れば、宮の返歌が翌日になったのは、宮が当日に女の和歌を見なかったからではなく、四月と五月の二ヶ月にわたる形の贈答歌に仕立てるために企まれた趣向かもしれないのである。

女が、宮に邸まで車で連れてゆかれ、人目を忍んで一夜を共にした翌朝、女一人が車に乗せられて自邸に戻る場面を見てみよう。

女、道すがら、「あやしの歩きや。人いかに思はむ」と思ふ。あけぼのの御姿の、なべてならず見えつるも、思ひ出でられて、

（女）「宵ごとに帰しはすともいかでなほあかつき起きを君にせさせじ（31）

苦しかりけり」とあれば、

（宮）「朝露のおくる思ひにくらぶればただに帰らむ宵はまされり（32）

さらにかかることは聞かじ。夜さりは方ふたがりたり。御迎へに参らむ」とあり。

（三二一—三二二頁）

女の宮邸訪問という特殊な設定を考えれば、この女からの贈歌は、宮邸を訪れた屈辱感の現れとだけは言えないだろう。男が女に後朝の歌を贈るのが通例であるならば、ここでは、男女の性の役割が逆転し、女の方が移動して女から後朝の歌を詠みかけている。その意味で、男女の逢瀬の一つの新しい型を示しているとは言えまいか。

さらに次の場面は、宮の訪れを間遠に感じた女が心細さのあまり、月の明るい夜に思わず和

歌を詠みかけたものである。

かくて、のちもなほ間遠なり。月の明き夜、うち臥して、「うらやましくも」などながめらるれば、宮に聞こゆ。

(女) 月を見て荒れたる宿にながむとは見に来ぬまでもたれに告げよと (41)

樋洗童して、「右近の尉にさし取らせて来」とてやる。 (三七頁)

いつものように宮側の小舎人童ではなく、女側の樋洗童が使いに走るのも一つの趣向かもしれないが、より特筆すべきは、宮の返歌が宮自身の手によって、すぐさま女に届けられる点にある。

ものものたまはで、ただ御扇に文を置きて、「御使の取らで参りにければ」とて、さし出でさせたまへり。女、もの聞こえむにもほど遠くて便なければ、扇をさし出でて取りつ。……(中略)……近う寄らせたまひて、「今宵はまかりなむよ。たれに忍びつるぞと、見あらはさむとてなむ。明日は物忌と言ひつれば、なからむもあやしと思ひてなむ」とて帰らせたまへば、

(女) こころみに雨も降らなむ宿すぎて空行く月の影やとまると (42)

人の言ふほどよりもこめきて、あはれにおぼさる。「あが君や」とて、しばし上らせたまひて、出でさせたまふとて、

（宮）あぢきなく雲居の月にさそはれて影こそ出づれ心やは行く（43）

とて、帰らせたまひぬるのち、ありつる御文見れば、

（宮）われゆゑに月をながむと告げつればまことかと見に出でて来にけり（44）

とぞある。……

（三七—三九頁）

女に文を届けて、邸に上がろうか上がるまいかしばらく逡巡した後、宮は、今夜は上がらずにこのまま帰るという。これに対して女は、「こころみに」の和歌を詠んで引きとめようとする。これも女から詠みかけた歌とはいえ、宮の言葉を受けてのもので、純然たる女からの贈歌とは言い難いところだが、ともあれ宮は女の歌に感じ入ったのか、しばし女のもとに立ち寄った。一方、宮が訪問時に持参した返歌、すなわち、宮訪問のきっかけとなった女からの贈歌に対する宮の返歌は、「ありつる御文見れば」とあるから、女が見たのは宮が帰った後とされる。

要するに、ここでの二組の贈答歌は、Ⅰ女の贈歌（41）→Ⅱ女の贈歌（42）→Ⅱ宮の答歌（43）→Ⅰ宮の答歌（44）、という入れ子構造になっている。その照応関係は、表現の上でも確認でき、Ⅰ女の贈歌（41）の「月を」「ながむ」「見に来ぬ」「告げよ」を受けて、Ⅰ宮の答歌（44）は、「月をながむ」「告げ」「見に出でて来にけり」と詠んでおり、Ⅱ女の贈歌（42）の「行く」「月の影」を受けて、Ⅱ宮の答歌（43）は、「月」「影」「行く」と詠んでいる。

この、女からの贈歌に宮自身が返歌を持参し、かつ、その返歌が宮の帰邸後に女の目に触れ

る、という展開には、そうした趣向の新しみをねらった物語的操作を思わせる。一見、男の訪れを待つ女のやむにやまれぬ心情から出たかのような贈歌は、実は、また一つ別の新しい贈答歌のやりとりの形式を披露するためのものとも読めるのである。女からの贈歌は、両者の関係に対する女の不安といった心理的動機だけでは説明できず、むしろ、男女の贈答の呼吸の新しい趣向を提示する虚構化の方法の一つと見ることができる。

もっとも、女からの贈歌が、女の不安や危機感と無縁だというわけではない。他の男との噂などで宮との関係は間遠になりがちで、七夕のやりとりののち七月下旬には、まだ夕暮れの日が残るうちに宮が訪れた。「まだ見えたてまつらねば、いと恥づかしう思へどせむかたなく」（四二頁）と、やむなく顔を晒して対面した女は、その後の宮の無沙汰に耐えかねて歌を贈っている。

そののち日ごろになりぬるに、いとおぼつかなきまで音もしたまはねば、

（女）「くれぐれとあきの日ごろのふるままに思ひ知られぬあやしかりしも (51)

むべ人は」と聞こえたり。「このほどにおぼつかなくなりにけり。されど、

（宮）人はいさわれは忘れずほどふれどあきの夕暮ありしあふこと (52)」

とあり。あはれにはかなく、頼むべくもなきかやうのはかなしごとに、世の中をなぐさめてあるも、うち思へばあさましう。（四二―三頁）

この場合の女からの贈歌は、前述のような、虚構としての趣向、といった説明の余地もほとんどなさそうに見える。贈歌の表現そのものは、贈歌の「あきの(日ごろ)」「ふる」「あ(やしかりしも)」を受けて、答歌は「ふれ」「あきの(夕暮)」「あ(りし)あ(ふこと)」と語彙を共有するのみならず、「あ」音を強調する趣向までも踏まえており、緊密な返歌となっている。それにしても、女の心を満たすことができなかったのか、このやりとりののち、八月になると女は石山詣に出かけ、宮から遣わされた童を介して贈答を交し合うことになる。そうした後続の展開を自然なものに見せる働きを考えれば、ここでの女からの贈歌は、女の、関係への不安の強調、と解してよかろう。

しかし、次の場合は、またしても凝った趣向である。宮が歌を贈ろうと小舎人童をさがしている矢先に、それに先んじて女から和歌が届けられた。

その夜の月のいみじう明くすみて、ここにもかしこにもながめ明かして、つとめて、例の御文つかはさむとて、「童参りたりや」と問はせたまふほどに、女も霜のいと白きにおどろかされてや、

(女) 手枕の袖にも霜はおきてけり今朝うち見れば白妙にして (82)

と聞こえたり。ねたう先ぜられぬるとおぼして、

(宮) つま恋ふとおき明かしつる霜なれば (83)

と、のたまはせたる、今ぞ人参りたれば、御気色あしうて問はせたれば、「とく参らで、いみじうさいなむめり」とて、取らせたればもて行きて、「まだこれより聞こえさせたまはざりけるさきに召しけるを、今まで参らずとてさいなむ」とて、御文取り出でたり。「昨夜の月はいみじかりしものかな」とて、

（宮）寝ぬる夜の月は見るやと今朝はしもおきゐて待てど問ふ人もなし（84）

げに、かれよりまづのたまひけるなめりと見るもをかし。（五八―九頁）

宮に先んじて女から贈られた歌に対し、宮は上の句で「つま恋ふと」をつぶやくだけで、返歌はしていない。遅れて参上した小舎人童によって届けられた女宛の文には、当初から宮が女に贈ろうとしていた「寝ぬる夜の」の和歌のみが記されている。宮の「寝ぬる夜の」の歌には「問ふ人もなし」とあることから、宮が女からの贈歌を受け取る以前に詠んだ歌であることの証となっている。受け取った女も、「げに、かれよりまづのたまひけるなめり」と、納得している。しかし、本当にこの歌は、あらかじめ宮が詠んでいた歌だったかどうか。宮の歌には、「今朝」「しもおきゐて」の語句があるが、これは、女の贈歌、「今朝」「霜はおきて」に照応している。表現からすれば、女の贈歌に対する返歌として詠まれたものと解した方が自然なくらいに合致しており、「問ふ人もなし」とは、自分から先に歌を贈ろうとしていたと主張するための方便かもしれない。

さらに言えば、宮のつぶやいた「つま恋ふと」の和歌は、どのようにして女に伝わったのか。童が伝言したのか、宮の文に書き添えてあったのか。もし、「つま恋ふと」の歌も宮の女宛の手紙に記されていたのだとすれば、まるでそれが書かれていなかったかのように捨象して、手紙の中に「寝ぬる夜の」の歌だけが記されていたかのように切り出し、あたかも宮が〈返歌〉ではなく〈贈歌〉を遣わしたかのように描かれたことになる。このように、この場面には、なんらかの語りの操作、虚構化が施されていると解した方がよく、単純素朴に女と宮のやりとりをありのままに写し取ったとは考え難い。

そののち、女が他の男と関わっているとの噂によって、宮の訪れが途絶えた折には、次のようなやりとりがある。

かくてあるほどに、またよからぬ人々文おこせ、またみづからもたちさまよふにつけても、よしなきことの出で来るに、参りやしなましと思へど、なほつつましうてすがすがしうも思ひ立たず。霜いと白きつとめて

（女）わが上は千鳥も告げじ大鳥のはねにも霜はさやはおきける（97）

と聞こえさせたれば、

（宮）月も見で寝にきと言ひし人の上におきしもせじを大鳥のごと（98）

とのたまはせて、やがて暮におはしましたり。

（六四頁）

女の関係への不安から贈られた歌ともいえようし、結果的には、宮の来訪を引き出してもいる。ただここでは、逢瀬の翌朝でもないのに「つとめて」といった時間帯に、女から遣わされたという設定も見過ごせない。また、この贈答歌で共有されている「霜」「置く」の語も、前掲の82〜84の贈答歌から引き受けた語彙であって、この贈答歌だけの独自な表現ではなく、一連のやりとりの連鎖の一部と化している点でも、両者の関係の深まりが感じられよう。

さらに、宮邸入りを目前にした頃には、女からの贈歌に始まる三組の贈答歌が続いている。かくのみたえずのたまはすれど、おはしますことはかたし。雨風などいたう降り吹く日しもおとづれたまはねば、「人ずくななる所の風の音をおぼしやらぬなめりかし」と思ひて、暮つかた聞こゆ。

（女）霜がれはわびしかりけり秋風の吹くには荻の音づれもしき（114）

と聞こえたれば、かれよりのたまはせける、御文を見れば、「いとおそろしげなる風の音、いかがとあはれになむ。

（宮）かれはててわれよりほかに問ふ人もあらしの風をいかが聞くらむ（115）

思ひやりきこゆるこそいみじけれ」とぞある。（七一―二頁）

宮の訪れが間遠なことを憂いた女は、雨風のひどい日、不安を訴えた歌を贈って来訪を促す。すると、宮は他に訪ねる男がいないと察して、迎えの車を寄越すのである。

心のどかに御物語起き臥し聞こえて、つれづれもまぎるれば、参りなまほしきに、御物忌過ぎぬれば、例の所に帰りて、今日はつねよりもなごり恋しう思ひ出でられて、わりなくおぼゆれば、聞こゆ。

（女）つれづれと今日数ふれば年月の昨日ぞものは思はざりける（116）

御覧じて、あはれとおぼしめして、「ここにも」とて、

（宮）「思ふことなくて過ぎにし一昨日と昨日と今日になるよしもがな（117）

と思へど、かひなくなむ。なほおぼしめし立て」とあれど、いとつつましうて、すがすがしうも思ひ立たぬほどは、ただうちながめてのみ明かし暮らす。（七二―三頁）

方違え先での束の間の逢瀬の後、名残を惜しんだ女は、再び自ら歌いかける。宮邸入りを決意しかねた女が、やむにやまれぬ思いから歌を詠みかけるものの、宮に決意を促されると再び逡巡し、物思いにふける。心に宮を求めながらも、宮邸入りを決しがたい女の心情が、よく表れていよう。

さらに続く贈答歌もまた、女からの贈歌である。

色々に見えし木の葉も残りなく、空も明かう晴れたるに、やうやう入りはつる日かげの心細く見ゆれば、例の聞こゆ。

（女）なぐさむる君もありとは思へどもなほ夕暮はものぞかなしき（118）

とあれば、

（宮）「夕暮はたれもさのみぞ思ほゆるまづ言ふ君ぞ人にまされる」（119）

と思ふこそあはれなれ。ただ今参り来ばや」とあり。　（七三―四頁）

こうした女の訴えは、宮の慰めの返歌に加えて、「またの日のまだつとめて、霜のいと白きに、「ただ今のほどはいかが」」（七四頁）と、宮の気遣いの文を引き出すことになる。これら、三組六首の贈答歌は、いずれも女からの贈歌によるもので、女の関係への不安も色濃く、また、両者の情愛の昂ぶりもひとしおであって、女が宮邸入りを決意するに到る心の必然を物語るものとなっている。しかし、これとても見方を変えれば、女からの贈歌が三組続くという新しい型を通して、その心の形を示すものともいえよう。

さらに、次は、女の贈歌二首、宮の返歌二首の贈答である。

なにの頼もしきことならねど、つれづれのなぐさめに思ひ立ちつるを、さらにいかにせましなど思ひ乱れて、聞こゆ。

（女）「うつつにて思へば言はむ方もなし今宵のことを夢になさばや」（132）

と思ひたまふれど、いかがは」とて、端に、

（女）「しかばかり契りしものをさだめなきさは世の常に思ひなせとや」（133）

口惜しうも」とあれば、御覧じて、「まづこれよりとこそ思ひつれ、

（宮）うつつとも思はざらなむ寝ぬる夜の夢に見えつる憂きことぞそは（134）

思ひなさむと。心みじかや、

（宮）ほど知らぬいのちばかりぞさだめなき契りてかはす住吉の松（135）

あが君や、あらましごとさらにさらに聞こえじ。人やりならぬ、ものわびし」とぞある。（七八―九頁）

宮が「まづこれよりとこそ思ひつれ」と、自ら先に歌を贈るつもりだったのに、と弁明するところなども、女の自尊心を満たす言葉ともなっており、二人の気持ちがいやましに昂る様子がうかがえる。

そのような二人の心情もさることながら、ここでの贈答は、二首ずつの贈答という意味で、また一つの新たな型を示している。女の一首目（132）の「うつつ」「思ふ」「夢」の語を宮の一首目（134）が引き受け、女の二首目（133）の「さだめなき」「契り」の語を宮の二首目（135）が引き受ける、という具合に、それぞれの一首目の表現と二首目の表現とが照応し合っており、贈答歌の表現の照応関係は緊密だといえよう。この後続には、宮、女それぞれが、古歌をそのままに引用した贈答、「あな恋し今も見てしが山がつの垣ほに咲けるやまとなでしこ（136）」「恋しくは来ても見よかしちはやぶる神のいさむる道ならなくに（137）」（七九頁）が交わされており、この日記が贈答歌の多様なかけあいの形を余すところなく示そうとする点で、意欲的なところがうかがえる。

女からの贈歌が、女の不安や危機感と無縁だと言うつもりはない。しかし、この日記中の女からの贈歌に始まる贈答歌は、単に女の素朴な感情の表出といった次元では捉えきれないのではなかろうか。贈答歌のかけあいの、より新しい趣向を模索する姿勢が、そこにはあると考えられるのである。

三　長編物語的虚構化の方法

このように、『和泉式部日記』における贈答歌のありように、なぜ、物語的とも言える一種の虚構性を読み取り得るのか、少し付言しておきたい(11)。

そもそも『和泉式部日記』は、『和泉式部物語』と題される写本もあるように、仮にそれが自作の日記であるにせよ、和泉式部の経験を写実的に叙述したものではなく、物語的要素を多く抱えている。帥宮と和泉式部を「宮」「女」と呼称する歌物語を範とした語り口や、女が知るはずのない帥宮の日常の状況を叙述した、いわゆる第三者的視点の導入などは、この日記の抱える物語的要素としてしばしば指摘されてきた。

確かに『和泉式部日記』は、あくまで時系列的に進行する点や、宮と女の二者間の贈答に限定される点から、『伊勢物語』『大和物語』などの歌物語とは一線を画し、日記としての統一性を備えている。しかし、『和泉式部日記』が〈日記〉であることと、そこに虚構性が孕まれることとは矛盾するものではない。『土佐日記』に描かれる船旅の風景は、写実性に徹するよりは屏風歌的な視点を媒介とした人工的な風景であったし、『蜻蛉日記』は、私家集的な既存の文芸の様式に寄り添いつつも、女の内面を和歌と散文によって吐露する新しい様式を編み出すからである。〈日記〉であることと、その虚構性、物語性とは矛盾せず同居し得る、裏返せば、日記とは、既存の文芸の様式を基盤に吸収しながら、それを時系列的な統一という名目のもとに再構築した新たな形式なのだとも言えようか。

思えば古代物語においては、女が主人公となる場合には、『竹取物語』や『落窪物語』のように、求婚譚や白鳥処女説話、継子譚などの型に依存するのが常套的であった。『和泉式部日記』がそのような既存の話型の呪縛から離脱できたのは、〈日記〉という時系列的な統一の形式を採用したからに他ならない。その一方で、『和泉式部日記』の個々の場面は、必ずしも写実的とは言い難く、むしろ物語の場面の集積であり、いわば〈物語の素材集〉ともなっている。さらに、極論を恐れずに言えば、『伊勢物語』が業平に仮託した多様な恋の形の小話の累積であるならば、『和泉式部日記』は、女を主人公とした恋の小話の累積、と考えられはしまいか。帥宮と女の和歌の応酬が、一つ一つ独自的であるのは、恋の多様な場面を集積しようとする意識であり、そこにこそ、この作品の虚構性の本質が認められるのではなかろうか。

　虚構性の一つに、その日時の示し方がある。『土佐日記』の日時が具注暦を範とする日次の形式であるのに対し、『和泉式部日記』の日時は、意識的に選び取られた日時と考えられる。すなわち、「またの日」「二三日」といった相対的な示し方を除くと、「五月五日」（二九頁）、「七月……七日」（四一頁）、「正月一日」（八五頁）といった節日や節句、随所に見える「晦日」「晦日がた」（二四頁、四一頁、四六頁、五二頁）、及び、「九月二十日あまりばかりの有明の月」（四七頁）という恋の物語に典型的な時節が選び取られている。それら以外の、二人の固有の経験に関わる日時としては、宮との出会いである冒頭部の「四月十余日」（一七頁）と、宮邸に引き取られた「十二月十八日」（八二頁）にほぼ尽きている。[12] こうした日時明記のあり方は、実態としての「宮」と「女」の交渉がこうした〈折〉の意識に呪縛されていたからだ、とも理解ができようが、先行研究における日時設定の矛盾の指摘——たとえば、『和泉式部日記』五月五日の京洛洪水（二九―三〇頁）は、『本朝世紀』『日本紀略』には長保五年五月十九日、二十日両日のこととされる、など——を勘案すれば、この作品が〈折〉を意識して出来事を切り取って再構築した、と考える方が妥当であろう。四月から翌年の正月という期間を切り出して一作品に仕立て上げていること自体、できるだけ多様な趣向を披露し、同じ季節を繰り返さないために企まれた設定とも解せるのである。

日時設定以外にも、物語にしばしば見られる類型的な場面設定にも、一種の虚構性が発見できよう。たとえば、日記冒頭、花の枝を贈るところから始まる男女の関係、という点に注目すれば、馴れ初めではないが『源氏物語』で野宮を訪問した光源氏が六条御息所に賢木の枝を差し出す場面（賢木巻・②八七頁）や、夕顔巻頭で光源氏の所望に応じて邸の女が花と和歌を献上するところから拓かれる物語展開（夕顔巻・①一三六—七頁）などが連想される。あるいはまた、女を連れての外出による逢瀬という設定は、光源氏と夕顔（夕顔巻・①一五九頁）や、匂宮と浮舟（浮舟巻・⑥一五〇頁）の物語に類する。宮が訪問するものの女が応じない場面、女の浮気な噂によって宮の外出がとどめられる場面なども同様で、なかでも乳母による外出の諫め（三〇一頁）などは、『源氏物語』宇治十帖で、乳母ならぬ実母明石の中宮が、匂宮の外出を引き止める様を思わせる（総角巻・⑤二七六、三〇一頁など）。そのほか、小舎人童と樋洗童の恋（三九頁）、といった主君の恋と同時並行的な従者同士の恋は、『落窪物語』における帯刀と阿漕の関係や、『源氏物語』夕顔巻での惟光と夕顔の女房の関係（夕顔巻・①一五一頁）、宇治十帖の匂宮の従者時方と浮舟の女房侍従の関係（浮舟巻・⑥一五三頁）などを思わせる。さらには、宇治十帖に見られるそれぞれの主君の動向が従者達を介して漏れ出すといった情報の伝達のあり方は、小舎人童と樋洗童を介して、帥宮の動静が伝えられるところ（三九頁）などに類似する。

このように、『和泉式部日記』と『源氏物語』などの物語との間には、場面や展開の類似が数々発見できるのである。

成立の前後関係はさておくとして、『源氏物語』夕顔巻や宇治十帖が強く連想されるのは、『和泉式部日記』が物語的虚構性を抱えているからであろう。この日記における叙述の一つ一つが、女と宮との間に実態的に起こらなかった、と言うつもりはない。しかし、描かれているのは、あくまで物語的枠組みを介して切り取られた出来事なのではなかろうか。それは、この『和泉式部日記』が歌物語的であると言われつつも、歌物語そのものを超えて、物語にも似た長編性を抱えることとも関わっているはずである。

おわりに

女からの贈歌による贈答歌は、確かに数量からすれば少数ではあるが、それが必ずしもこの二人の関係の危機や女の不安感の表れだとは言い難い。むしろ男女の贈答のかけあいの様々なバリエーションを披露するために、物語的場面設定として、より新鮮な形を模索し続けた結果ではなかろうか。『和泉式部日記』の抱える物語的虚構性とは、単に「女」という呼称や女の知らないはずの宮周辺の動向の描写、といった次元にとどまるものではない。変幻自在な贈答歌を核として物語的場面を多種多様に累積させるという意味で、企まれた虚構として『和泉式部日記』を解する可能性はないだろうか。従来ともすると、女の心情の動きに還元して説明されがちであった様々な事象について、戦略的な虚構の方法として理解する可能性を見出してみたいと思うのである。

〔注〕

（1）鈴木一雄「源氏物語の和歌――贈答歌における一問題――」（初出一九六八年五月、『王朝女流日記論考』至文堂、一九九三年）

（2）円地文子・鈴木一雄『全講和泉式部日記』（至文堂、一九六五年、改訂版一九八三年）

（3）藤岡忠美「「後朝歌」攷」（初出二〇〇三年、『平安朝和歌　読解と試論』風間書房、二〇〇三年）

（4）鈴木一雄注（2）書、小町谷照彦「和泉式部日記の贈答歌の達成」（初出一九八八年、『王朝文学の歌ことば表現』若草書房、一九九七年）

（5）（A）宮から和歌を詠む場合――三一例

〔宮・3→女・4〕〔宮・5詞→女・6詞〕〔宮・7→女・8詞〕〔宮・詞9→女・10〕〔宮・詞16詞→女・17詞〕〔宮・詞19詞→女・20〕〔宮・21詞→女・22詞〕〔宮・詞23→女・24 25詞→宮・26詞〕〔宮・詞29詞→女・30詞〕〔宮・詞33→女・34詞〕〔宮・詞35→女・36〕〔宮・詞37→女・38〕〔宮・39→女・40〕〔宮・詞45→女・46〕〔宮・47→女・48〕〔宮・詞53詞→女・54詞55→宮・詞56詞57詞→女・58 59→宮・詞60→女・61〕〔宮・

62↓女・63〕〔宮・64↓女・詞65詞66詞67詞68↓宮・69 70 71 72 73詞〕〔宮・77↓女・言葉〕〔宮・80↓女・81〕〔宮・詞84↓女・85 86・詞↓宮・詞87↓女・詞88↓宮・89詞↓女・90↓宮・91〕〔宮・92↓女・93〕〔宮・94下句↓女・94上句〕〔宮・99詞↓女・100詞101↓宮・102 103↓女・104詞105↓宮・106↓女・107〕〔宮・108↓女・109〕〔宮・125↓女・126〕〔宮・131上句↓女・131下句〕〔宮・136↓女・137〕〔宮・138↓女・139〕〔宮・140↓女・141〕〔宮・142↓女・詞143〕

（B）宮から言葉・手紙（散文のみ）・物・人を遣わして始まる場合――一五例

〔宮・枝と言葉↓女・1↓宮・2〕〔宮・小舎人童↓女・11↓宮・12詞↓女・詞13詞〕〔宮・手紙↓女・18詞〕〔宮・手紙↓女・27詞↓宮・28〕〔宮・言葉↓女・42↓宮・43〕〔宮・手紙↓女・49↓宮・詞50〕〔宮・手紙↓女・詞74詞75↓宮・詞76詞〕〔宮・言葉↓女・78↓宮・79〕〔宮・手紙↓女・95詞↓宮・96〕〔宮・手紙↓女・詞110↓宮・111詞↓女・手紙↓宮・112↓女・113〕〔宮・手紙↓女・120↓宮・121↓女・122〕〔宮・手紙↓女・詞123↓宮・詞124〕〔宮・手紙↓女・127↓宮・128〕〔宮・手紙↓女・129 130〕〔宮・手紙↓女・144↓宮・145〕

（C）女から和歌を詠む場合――一〇例

〔女・14↓宮・15〕〔女・31詞↓宮・32詞〕〔女・41↓宮・44〕〔女・51詞↓宮・詞52〕〔女・82↓宮・83〕〔女・97↓宮・98〕〔女・114↓宮・詞115詞〕〔女・116↓宮・詞117詞〕〔女・118↓宮・119詞〕〔女・132詞133詞↓宮・詞134詞135詞〕

（D）女から言葉・手紙（散文のみ）・物・人を遣わして始まる場合――なし

（6）あえて言えば110〜113番歌への連鎖の中に、女の散文による手紙が差し挟まれるのが例外的な事例である。宮の散文の手紙→女の和歌（110）→宮の和歌（111）→女の散文の手紙→宮の和歌（112）→女の和歌（113）と続いており、宮の111番歌と宮の112番歌の間に、女の散文の手紙が差し挟まれている。ただし、ここでは、女の宮邸入りの決意ののちに、女の男性関係の噂について詰問する宮の手紙を受けて、女は返事も書けず、再度の宮の手紙にかろうじて女が和歌を詠み、贈答が成立した後、女が宮の不信感への憤りを籠めて贈ったものだから、一種の特殊な状況下のやりとりであり、変則的な一つの型といえるだろう。

（7）鈴木一雄注（1）論文

（8）小町谷照彦注（4）論文は、この日記中の女からの贈歌について、「愛情の破綻というよりも、愛情の高揚につながる場合が多いように思われる」と評しているが、女の心情の如何に因果付けている点では、鈴木一雄氏と同様である。

（9）鈴木一雄注（2）書。

（10）折の意識を重視する姿勢は、たとえば「かかる折に、宮の過ごさずのたまはせしものを」（四一頁）、「例の折知り顔に」（四六頁）、「なほ折ふしは過ぐしたまはずかし」（四八頁）などといった後続の叙述に認められる。

（11）この日記の虚構性についての従来の指摘は、小町谷照彦「和泉式部日記の方法——その虚構性を通して——」（初出一九六九年五月、注（4）書）に、包括的な整理がある。

（12）日時設定の叙述は、冒頭の一節、「夢よりもはかなき世の中を、嘆きわびつつ明かし暮らすほどに、四月十余日にもなりぬれば」（一七頁）に始まり、「晦日の日」（二四頁）、「二三日ありて」

（二四頁）、「またの日」（二五頁）、「三日ばかりありて」（二六頁）、「五月五日になりぬ」（二九頁）、「二三日ばかりありて」（三四頁）、「またの夜」（三五頁）、「かくいふほどに、七月になりぬ。七日、」（四一頁）、「晦日がたに」（四一頁）、「かくて二日ばかりありて」（四二頁）、「かかるほどに八月にもなりぬれば」（四三頁）、「晦日がたに」（四六頁）、「九月二十日あまりばかりの有明の月に」（四七頁）、「かくて、晦日がたにぞ」（五二頁）、「かくいふほどに十月にもなりぬ。十月十日のほどにおはしたり」（五三頁）、「かくて、二三日おともせさせたまはず」（六一頁）、「二日ばかりありて」（六二頁）、「またの日」（六三頁）、「またの日のまだつとめて」（七四頁）、「十一月朔日ごろ」（七五頁）、「またの日、つとめて」（八〇頁）、「十二月十八日、月いとよきほどなるに」（八二頁）、「二日ばかりありて」（八三頁）、「年かへりて正月一日」（八五頁）等が挙げられる。

第四章　贈答歌の作法――伊勢物語の贈答歌――

はじめに

贈答歌については、一般に、①贈歌と答歌は、共通する語彙を抱えるのが通例で、②答歌は贈歌に対して、言い争い、切り返す表現を含む、といった特質が指摘される(1)。しかし、贈答歌の表現がどのように二首の間で照応し、あるいはずらされて、関係が成り立っているのか、〈贈答歌の表現の作法〉とでもいうべきものは、いまだ充分に明らかにされてはいない(2)。そもそも、個々の贈答歌はそれぞれ固有の表現を抱えており、贈答の掛けあいに一定の法則を見出せるかどうかも疑問である。また、現存の諸作品における贈答歌が、実態として贈答歌であったのか、虚構として贈答歌に仕立てられたのか、不分明な例も多い。しかしそれでも、当時の人々には自然に感受できた、暗黙のうちの贈答歌の呼吸は、やはりあったはずである。それを感じ取ることはできないのだろうか。

いま試みに、『伊勢物語』の贈答歌を検討してみたい。『伊勢物語』の章段はすべて和歌を含んでいるが、その中で贈答歌を含むものは必ずしも多いとはいえず、和歌一首のみで成り立っている章段の方が多い。たとえば初段のように、返歌がある方がむしろ自然と思える場合でも、必ずしも返歌は伴われていない。歌物語がそもそも私家集的なものを基盤として生まれたこととも関わるであろうが、それならば、なおかつその中で、贈答歌を抱える章段を、どのように理解すればよいのだろうか。

ここでは、『伊勢物語』の現存の本文にある贈答歌の表現に即して、その表現上の照応関係について具体的に分析してみたい。

一　冒頭表現が合致する場合

『伊勢物語』中、贈答歌が含まれる章段は、定家本一二五章段中三八章段であると見えるが、その中で、贈歌と答歌が各一首の贈答歌一組のみが含まれる章段は二四章段（一〇、一三、一七、一八、一九、二〇、二五、二七、三三、三七、三八、三九、四七、四九、六一、六四、七一、八四、九四、九九、一〇八、一一七、一二一、一二三段）、贈歌と答歌が各一首の贈答歌一組以上を含み、それ以外にも和歌が含まれる章段が一四章段（一四、一六、二一、二三、二四、四三、五〇、五八、六九、七五、八二、一〇七、一一一段）ある。これらの章段の贈答歌の考察に際しては、いろいろな視点があり得るだろうが、本稿では贈歌と答歌の表現の照応関係に注目することにしたい。まずは、贈歌と答歌が各一首の贈答歌一組のみによって成り立っている章段を対象に考察を試みる。

贈歌一首と答歌一首の贈答歌が一組含まれ、かつ、贈歌と答歌の冒頭部の表現が合致する例は、一八・一九・四七・一二一段に見受けられる。

むかし、なま心ある女ありけり。男近うありけり。女、歌よむ人なりければ、心みむとて、菊の花のうつろへるを折りて、男のもとへやる。

（女）くれなゐににほふはいづら白雪の枝もとををに降るかとも見ゆ

男、しらずよみによみける。

（男）くれなゐににほふが上の白菊は折りける人の袖かとも見ゆ　（一八段）

男の風流心を試そうとした女が、やや挑発的に和歌を詠みかける章段である。この贈答歌の場合、冒頭部の「くれなゐににほふ」のほか、「白……」、「……かとも見ゆ」という同一の語句が、語順まで合致して用いられている。しかし、ここでの表現の照応は、すなわち贈答する二者の心理的共感を意味するわけではない。女は、男の心を試すように、「くれなゐににほふはいづら」と、自分に関心を示さない好色で名高い男を挑発するのだが、男は、女の策略に気づかぬふりをして軽くあしらっている。この贈答歌では、慇懃無礼なほどに表現を照応させることで、一見礼儀正しく返歌しながらも、本心を明かすことを拒んでいるかのようである。

同様に、冒頭部分の表現が合致する例を見てみよう。

むかし、男、梅壺より雨にぬれて、人のまかりいづるを見て、

（男）うぐひすの花を縫ふてふ笠もがなぬるめる人に着せてかへさむ

返し、

（人）うぐひすの花を縫ふてふ笠はいなおもひをつけよほしてかへさむ　（一二一段）

梅壺から雨に濡れて出て行く人に、男から歌を詠みかけたという。ここでも「うぐひすの花を縫ふてふ笠」「～かへさむ」と、語順まで含めて表現の合致が認められる。この章段については、梅壺から出て行った人物を、女と見る説、男と見る説、両説があるものの、答歌では「おもひをつけよ」と、「火を付けよ」と言っているから、出て行った人物、すなわち答歌の詠み手が女だとすれば、やや積極的過ぎるのではなかろうか。いずれにせよ、ここでの表現の照応は、機智的で当意即妙な応答とは言えても、両者の関係の深さは推し量りようがない。

では次の事例はどうか。

むかし、男、宮仕へしける女の方に、御達なりける人をあひしりたりける、ほどもなく離

れにけり。同じ所なれば、女の目には見ゆるものから、男は、あるものかとも思ひたらず。女、

（女）天雲のよそにも人のなりゆくかさすがに目には見ゆるものから

とよめりければ、男、返し、

（男）天雲のよそにのみしてふることはわがゐる山の風はやみなり

とよめりけるは、また男ある人となむいひける。（一九段）

関わりのあった男女が別れた後のやりとりで、女から詠みかけたものである。冒頭部「天雲のよそに〜」は合致しているものの、後半部の表現はそれぞれ独自的である。答歌の下の句「わがゐる山の風はやみなり」は、女の贈歌に対する切り返しであり、贈歌の表現の連想の範囲内でありながら、贈歌の表現を逸脱した新たな世界を提示するものとなっている。

ところで、この贈答歌は『古今集』や『伊勢物語』塗籠本には、異なる答歌を伴う形で採録されている。

業平朝臣、紀有常が女に住みけるを、恨むることありて、しばしの間、昼は来て夕さりは帰りのみしければ、よみてつかはしける

天雲のよそにも人のなりゆくかさすがにめには見ゆるものから（『古今集』恋五・七八四）

返し

ゆきかへりそらにのみしてふることはわがゐる山の風はやみなり　（同・恋五・七八五）

『古今集』七八四・七八五番歌の場合は贈歌と答歌の初句の表現がそれぞれに独自的であり、表層的に表現を合致させるわけではない掛けあいとなっており、冒頭部の表現上の合致を重視する『伊勢物語』一九段との違いが認められる。『古今集』における答歌（七八五）の「ゆきかへり」の表現は、「昼は来て夕さりは帰りのみ」する、という詞書と連動してもいる。表現の表層的な合致がより後代的な特徴だとすれば、(3)『伊勢物語』一九段の方が、贈答歌の表現を見る限りでは新しい、ということになろうか。

このような『伊勢物語』一九段と『古今集』七八四・七八五番歌との贈答歌の表現の違いは、散文部分が語る情況の違いともかかわっていよう。『古今集』七八四・七八五番歌は、詞書によると、紀有常の娘のもとに通う業平との贈答歌で、有常もしくは有常の娘が、業平に心を開くよう促したものとなっている。それに対して『伊勢物語』一九段では、女の二心ゆえに男の情愛が失われた話となっている。どうやら、表現の照応は、両者の感情のより緊密な結びつきを表すことにはならないようである。むしろかえって初句の表現を合致させた『伊勢物語』一九段の方が、結果的には、二者の心の距離の隔たる贈答となっているからである。

では、次はどうか。

むかし、男、ねむごろに、いかでと思ふ女ありけり。されどこの男を、あだなりと聞きて、つれなさのみまさりつついへる。

（女）大幣の引く手あまたになりぬれば思へどえこそ頼まざりけれ

返し、男、

（男）大幣と名にこそ立てれ流れてもつひによる瀬はありといふものを　（四七段）

男がいくら女に執心しても、男は浮気者という噂を耳にしている女は一向に靡く様子もない。その女から詠みかけた贈答である。ここでは贈答歌の表現の合致は「大幣」の一語にとどまり、二首全体が密接に照応し合っているものではない。女の贈歌は、男の積極的な求愛に対して、男は多情らしいから信用し難いというもので、対する男の答歌は、その疑いに弁明し切り返すものとなっている。男は、女の心を掴まえたい、という気持ちであろう。しかし、表現に関しては、女の贈歌と同じ語彙を繰り返すのではなく、内容の上で、女の贈歌の「えこそ頼まざりけれ」を「つひによる瀬はあり」と切り返す形を取っている。

以上のように、『伊勢物語』中で冒頭部の表現が合致する贈答歌を一覧する限りでは、表層の表現が合致すればするほど、贈答する両者の親近感が現れている、とは容易には判断し難い。初句を揃えた贈答歌といえば、『和泉式部日記』における女と宮との各五首ずつの初句揃えの贈答歌が思い起こされる。一般的にはおそらく、贈答歌における表現の照応は感情の寄り添いの表れなのであろうが、『伊勢物語』における初句揃えの贈答歌は、むしろかえって、感情の齟齬する物語中に見られるところが特徴的であるといえよう。

二　語順が一致して照応する場合

初句が同一でなくとも、おおむね各句の表現が照応する贈答歌は、他にも見受けられる。その中のいくつかを取り上げて分析しておきたい。

むかし、男、色好みなりける女にあへりけり。うしろめたくや思ひけむ、

（男）われならで下紐解くな**朝**がほの**夕**影またぬ花にはありとも

返し、

（女）**ふたりして**結びし紐を**ひとりして**あひ見るまでは解かじとぞ思ふ　（三七段）

男が、女の移り気を懸念して詠みかけたという章段である。ここでは、贈歌の「われ」と答歌の「ふたり」、贈歌の「下紐解くな」と答歌の第二句以下「結びし紐を〜解かじ」が呼応している。従って、答歌の論理は贈歌の論理を逸脱せず、贈歌の「解くな」に対して「解かじ」と答えることで、女は誠実を誓っている。同時に贈歌では「朝」「夕」が対句、答歌では「ふたりして」と「ひとりして」、「結びし」と「解かじ」が対句仕立てとなっており、贈答歌のそれぞれに対句的表現が含まれる点でも照応関係をなしている。答歌は、贈歌の主旨を切り返すに

際して、表現の上ではあくまでも徹底的に贈歌に照応することで、自らの誠意を主張しているると考えられる。

また次は、贈答歌の第三句が合致する事例である。

むかし、男、みそかに語らふわざもせざりければ、いづくなりけむ、あやしさによめる。

(男) 吹く風にわが身をなさば玉すだれひま求めつつ入るべきものを

返し、

(女) とりとめぬ風にはありとも玉すだれ**たが許さばかひま求むべき**　(六四段)

男が、自分に心を許さない女に対して詠みかけたものである。この贈答歌では第三句に「玉すだれ」の語が共有され、答歌は贈歌の「〜風に」「玉すだれ」「ひま求む」「べき」といった表現をそのままに引き受け、語順までもなぞるように照応させている。その中で、答歌の主意は、下の句の「たが許さばかひま求むべき」にあると思しく、贈歌の表現をそのまま用いながら、贈歌の主旨のみを切り返す趣向が見て取れる。女の答歌は、男の表現を丁寧に踏まえながらも、男の求愛を巧みに逸らして拒否しているのである。

このような事例は他にも多い。

むかし、紀の有常がりいきたるに、歩きて遅く来けるに、よみてやりける。

(男) 君により思ひならひぬ世の中の人はこれをや恋といふらむ

返し、

（有常）ならはねば世の人ごとになにをかも恋とはいふと問ひしわれしも　（三八段）

紀有常のもとに婿の男が出かけたところ不在であり、遅くなって帰ってきた有常に、婿の男が詠みかけたという、男同士の贈答である。贈歌「ならひぬ」と答歌「ならはね」、贈歌「世の中の人」と答歌「世の人」、贈歌「恋といふ」と答歌「恋とはいふ」の表現が照応し合っており、かつ、贈歌「君により」と答歌「われしも」が照応する、という具合に、贈答歌の照応関係は実に緊密である。あなたゆえに恋を習い覚えた、という婿の男に対し、恋とは何かを問うたのは自分であったのに、と有常が切り返すものとなっており、両者の親近感を濃厚に感じ取ることができるであろう。

また、八四段は、老いた母と息子の物語である。長岡に住む母は、京で宮仕えする一人息子になかなか会えないことを惜しみ、十二月の頃、急の事という文を寄越した。

（母）老いぬればさらぬ別れのありといへばいよいよ見まくほしき君かな

（男）世の中にさらぬ別れのなくもがな千代もといのる人の子のため　（八四段）

ここでは、それぞれの第二句に「さらぬ別れの」の表現が共有され、贈歌の「ありといへば」と答歌の「なくもがな」とが照応している。答歌の主意は、「さらぬ別れのなくもがな」に見るべきか、「千代もといのる」に見るべきか。老いゆえに再会を願う母と、母の長寿を祈る息子との贈答は、合致する表現と独自的な表現とを適度に織り交ぜることによって、共感を確かめ合うものとなっている。

あるいはまた、九四段は、別れた夫婦がなおも交流を続けている物語である。次は、元の夫からの贈歌と、元の妻の答歌である。

（男）秋の夜は春日**わするるものなれや**霞に霧や**千重まさるらむ**

（女）千々の秋ひとつの春に**むかはめや**紅葉も花も**ともにこそ散れ**

（九四段）

贈歌の「秋の夜」「春日」の対に、答歌は「千々の秋」「ひとつの春」の対を照応させ、贈歌の「霞」「霧」の対に、答歌は「紅葉」「花」の対を照応させて、贈答歌はいずれも春秋優劣の発想を下敷きに、対句仕立てで構成されている。共通の語ばかりを詠むのでなく、第三句を「〜や」の構文にしたり、対句仕立ての表現を語順を入れ替えずにほぼなぞるように配置して、照応させているのである。男の贈歌が、「わするるものなれや」「千重まさるらむ」と、新しい夫に心を奪われたのではないかと元の妻に皮肉を込めて歌いかけるのに対し、女の答歌は、「むかはめや」「ともにこそ散れ」といった贈歌にない独自の表現で、いずれの男も同じことと所詮ははかない男女の仲を憂いている。

贈歌と答歌とが、ともに対句仕立てとなって照応する類例としては、次の例も注目できよう。

むかし、右近の馬場のひをりの日、むかひに立てたりける車に、女の顔の、下簾よりほのかに見えければ、中将なりける男のよみてやりける。

（男）見ずもあらず見もせぬ人の恋しくはあやなく今日やながめ暮さむ

返し、

（女）しるしらぬ何かあやなくわきていはむ思ひのみこそしるべなりけれ

のちはたれとしりにけり。

（九九段）

右近の馬場の騎射の日、垣間見た女への男の贈歌と、女の答歌である。この贈答歌では、「あやなく」の語が共有されるだけでなく、贈歌の冒頭部分「見ずもあらず見もせぬ」と答歌の冒頭部分「しるしらぬ」とが、ともに対句仕立てで照応している。ところが、この章段と酷似する『大和物語』一六六段では、答歌が別の歌になっている。

在中将、物見にいでて、女のよしある車のもとに立ちぬ。下簾のはさまより、この女の顔いとよく見てけり。ものなどいひかはしけり。これもかれもかへりて、朝によみてやりける。

（男）見ずもあらず見もせぬ人の恋しきは**あやなく**今日やながめ暮さむ

とあれば、女、返し、

（女）見も見ずもたれと知りてか恋ひらるる**おぼつかなみ**の今日のながめや

とぞいへりける。これらは物語にて世にあることどもなり。

（『大和物語』一六六段）

『大和物語』一六六段の方が、『伊勢物語』九九段よりもいっそう、贈答歌の表現上の合致が著しい。贈歌の冒頭部「見ずもあらず見もせぬ」と、答歌の冒頭部「見も見ずも」が、対句表現のみならず動詞までも同じ「見る」に統一されており、贈歌の「恋しき」と答歌の「恋ひらる」が照応し、「今日」「ながめ」「や」といった語彙まで共有されている。この場合、『伊勢物語』九九段から『大和物語』一六六段への改変と見るのが自然であろうから、後代になるにつれて、贈歌と答歌の間に、より直接的な表現の合致を好む傾向が強まったことが追認できよう。(4) さらには、この『大和物語』一六六段の場合、贈答歌のそれぞれの独自的な表現、すなわち贈歌の「あやなく」、答歌の「おぼつかなみ」を、各歌の眼目と見ることもできよう。

このように、贈答歌の表現の照応関係に注目して、贈歌と答歌の表現方法を見るならば、

① 贈歌と答歌に共有される表現に、歌の主意を詠む場合

② 贈歌と答歌の独自的な表現（非共有表現）に、歌の主意を詠む場合

に大別できることになるが、どちらかと言えば、②の型の方が多いように思われる。

たとえば次の例は②の型で、非共有表現に答歌の主張が認められる。

むかし、男、妹のいとをかしげなりけるを見をりて、

（男）うら若みねよげに見ゆる若草を人のむすばむことをしぞ思ふ

と聞えけり。返し、

（女）初草の**などめづらしき言の葉ぞうらなく**ものを思ひけるかな　（四九段）

戯れにか、男が妹に、思いを訴えかけた章段である。贈歌の「若草」を答歌では「初草」と引き受け、贈歌の「〜をしぞ思ふ」を答歌は「〜を思ひけるかな」と引き受けている。贈歌が「人のむすばむこと」と他の男との関係を牽制するかのように、妹への懸想のごとく歌いかけるのに対し、答歌は「めづらしき言の葉」と切り返し、「うらなく」という自分の無邪気さへの内省を、贈歌と同じ「〜を思ふ」の形式に歌い込めている。答歌の主意は、贈歌にはない表現「などめづらしき言の葉ぞうらなく（ものを思ひ）」にあると見てよい。

次も②の型で、とりわけ答歌が贈歌から飛躍して新しい表現を獲得した例である。

むかし、男、女のもとに一夜いきて、またもいかずなりにければ、女の、手洗ふ所に、貫簀をうちやりて、たらひのかげに見えけるを、みづから、

（女）われぱかりもの思ふ人はまたもあらじと思へば水の下にもありけり

とよむを、来ざりける男、たち聞きて、

（男）みなくちにわれや見ゆらむ**かはづ**さへ水の下にてもろ声に鳴く　（二七段）

一夜通った限りで訪れなくなった男に、女が歌いかけたものである。ここでは、「われ」「水の下に」の語が贈歌、答歌に共有されている。女の贈歌が不実な男と関わる物思いを詠むのに対し、男の答歌は贈歌にない独自な景物「かはづ」を新たに歌の中に組み入れることで、声を合

わせて鳴いている自分の誠意を訴えている。贈歌の「水の下に」の表現をもとにしながらも答歌は新たな連想を繰り広げ、贈歌の表現世界を超えた新しい風景を切り拓いた例といえよう。

すなわち、①の型は、答歌が贈歌の表現を引き受けて類似の語彙や語法を用いることで、贈歌との共感を表出するものだとすれば、②の型は、贈歌にはない新たな風景を詠み込むことで、答歌に独自の表現世界を獲得するものとなっている。贈歌の挑発に対して、少なくとも表現上は比較的従順な姿勢を見せるのが①の型、のびやかに反発や切り返し、独創性を主張するのが②の型、といえようか。①の型は、本来礼儀正しく相手の意向を重んじた答え方でありながら、それが嵩じて時として慇懃無礼になり、かえって心の距離感を際立たせる場合もあるのに対し、②の型は、一見相手に逆らうような風情を見せながら、反発や切り返しを忌憚なく表出できるという意味で、一定の親しさを互いに了解しあった関係に現れやすいようでもある。

三　語順が逆転して照応する場合

さて次に、贈歌と答歌における共通の表現が、語順を逆転させて出てくる場合について検討したい。比較的明瞭にその形が現れている事例を、以下に取り上げる。

むかし、武蔵なる男、京なる女のもとに、「聞ゆれば恥づかし、聞えねば苦し」と書きて、

うはがきに、「むさしあぶみ」と書きて、おこせてのち、音もせずなりにければ、京より、女、

（女）武蔵鐙さすがにかけて頼むには問はぬもつらし問ふもうるさし

とあるを見てなむ、たへがたき心地しける。

（男）問へばいふ問はねば恨む武蔵鐙**かかるをりにや人は死ぬらむ**

（一三段）

武蔵の国にいる男が、都の女に宛てて、上書に「むさしあぶみ」と書いた文を遣わしたのだが、そののち音信不通になったので、都の女から歌を詠んだというものである。女の贈歌の初句と男の答歌の第三句にそれぞれ、そもそもの男の文の上書にあった「武蔵鐙」の語が配されている。贈歌の下の句「問はぬもつらし問ふもうるさし」という対句表現は、答歌では上の句「問へばいふ問はねば恨む」という対句表現に引き受けられている。この贈答では、答歌は、贈歌と共有の表現を上の句に引き受け、下の句で「かかるをりにや人は死ぬらむ」と贈歌にはない表現で訴えかけ、贈歌の主旨を切り返し、覆すのである。

一〇段も、同様の例といえる。武蔵の国をさまよう男が入間の郡の女に求愛したところ、その母親が承諾の歌を贈ってきたので、男がそれに答えた、といった章段である。贈答歌だけを掲げておく。

（女の母）みよしののたのむの雁もひたぶるに君が方にぞよると鳴くなる

（男）　わが方によると鳴くなるみよしののたのむの雁を**いつか忘れむ**　（一〇段）

ここでは、贈歌と答歌との間で、長大な表現が合致している。贈歌の初句・第二句「みよしののたのむの雁」を答歌の第三句・第四句が、贈歌の第四句・結句「君が方にぞよると鳴くなる」を答歌の初句・第二句「わが方によると鳴くなる」が引き受けている。すなわち、贈歌の語順を逆にして答歌は応じつつ、贈歌の表現との非共有表現である結句「いつか忘れむ」によって、心の永続を歌っているのである。とはいえ、この心の永続の約束がいかにもかりそめにしか見えないことからすれば、共有表現の長大な贈答歌が必ずしも心の距離の近さを物語るわけではないことがここでも確かめられる。

次も同様に、贈答歌が語順を変えて照応している例である。地の文は省略し、和歌二首のみを掲げる。

（男）いでていなばかぎりなるべみともし消ち年経ぬるかと泣く声を聞け

（至）いとあはれ泣くぞ聞ゆるともし消ち**きゆるものともわれはしらずな**　（三九段）

淳和天皇の皇女崇子の葬送の折に、宮の隣の男が、女と女車に同乗して出かけた。色好みで名高い源至がこの女車に蛍を入れたので、女車の男が女の顔を見られるまいとして蛍の火を消そうとし、歌を贈ったというものである。灯火を消して葬送に泣く人々の悲しみの声に耳を傾けよ、という贈歌に対し、答歌は、灯火を消そうにも消えるかどうか、と切り返したものか。

「ともし消ち」の表現が贈歌と答歌の第三句に置かれ、贈歌の結句「泣く声を聞け」が、答歌の第二句「泣くぞ聞ゆる」に引き受けられている。そして、答歌の主意は、第四句・結句の「きゆるものともわれはしらずな」と答歌の後半に位置づけられ、「われはしらずな」という贈歌にない新たな表現によって贈歌を切り返し、主張をしているのである。

このように、共有される表現の語順が逆転する贈答歌においては、多くの場合、答歌の前半部において贈歌の表現や主旨を反復するため、答歌の後半部で独自的な主張をすることになる。その意味では、表現が語順どおりに照応する場合に見られた二つの型、①共有表現に主意がある場合、②非共有表現に主意がある場合、のうち、②の型に近似するといえよう。総括すれば、贈答歌の表現が語順どおりに照応しても、語順を逆にして照応しても、答歌の主張が強く表れるのは答歌の後半部であることが多い、という傾向が認められることになる。

さて次は、語順が逆転する場合の、それがいっそう嵩じた特殊な型といえようか。

むかし、男ありけり。深草にすみける女を、やうやう飽きがたにや思ひけむ、かかる歌をよみけり。

（男）年を経てすみこし里をいでていなばいとど深草野とやなりなむ

女、返し、

（女）野とならば**うづらとなりて鳴きをらむかりにだにやは君は来ざらむ**

とよめりけるにめでて、ゆかむと思ふ心なくなりにけり。（一二三段）

深草の女に通うことに飽きかけた頃の男の贈歌と、女の答歌である。贈歌の結句「野とやなりなむ」と答歌の初句「野とならば」とが表現の上では照応しているが、答歌は第二句以下で、「うづらとなりて鳴きをらむかりにだにやは君は来ざらむ」といううきわめて独自的な風景を新たに描出している。単に、贈歌の主への情愛を訴えるにとどまらず、鶉となって鳴いて狩に来る男を待つ、という独自な風景を切り拓くところに、この答歌の妙味はあるだろう。歌徳説話仕立ての物語で、男の離れゆく心を繋ぎとめる展開が自然に要請されるゆえんである。

このように、語順を入れ替えながら贈答歌が照応し合う事例に多いのは、贈歌の後半部や末尾の表現を答歌の冒頭が引き受けるという形であり、いわば〈尻取り型〉と名づけることができる。すなわち、答歌が贈歌の主旨をその前半部でなぞりながら、後半部の贈歌との非共有表現において答歌の主張を示すという型なのである。

これに対し、次は、答歌の主張が上の句にある事例である。伊勢の斎宮のもとを帝の勅使として訪れた男に、斎宮に仕える女が自分の気持ちを訴えたものである。

むかし、男、伊勢の斎宮に、内の御使にてまゐれりければ、かの宮に、すきごといひける女、わたくしごとにて、

（女）ちはやぶる神のいがきもこえぬべし大宮人の見まくほしさに

男、

（男）**恋しくは来ても見よかし**ちはやぶる神のいさむる道ならなくに　（七一段）

女が、神垣をも越えるほどの思いを歌いかけたのに対し、男は、恋しいならば来てごらん、と女を挑発するように歌を返す。贈歌の初句から第二句の「ちはやぶる神のい（がき）」が答歌の第三句・第四句の「ちはやぶる神のい（さむる）」に照応し、また贈歌の結句「見まくほしさに」を受けて答歌が「見よかし」と詠むという具合に、共通の語を語順を変えて詠んでいる。しかし、答歌の主張はむしろ初句・第二句の「恋しくは来ても見よかし」にこそ、より強く表れているのではなかろうか。ここでは贈歌との非共有表現を答歌の冒頭に置くことで、男の訴えかけの強さを感じさせるものとなっている。

四　表現の照応が希薄な場合

それでは、贈歌と答歌に表現上の照応が希薄な場合は、どのように理解すればよいのか。

年ごろおとづれざりける人の、桜のさかりに見に来たりければ、あるじ、

（主）あだなりと名にこそ立てれ桜花年にまれなる人も待ちけり

返し、

（客）今日来ずは明日は雪とぞふりなまし消えずはありとも花と見ましや　（一七段）

長年訪れなかった人が、桜の盛りにやってきたので、主人が歌を詠みかけたというものである。この贈答二首は、「花」の語を共有するだけで、表現上の照応はほとんど見られない。贈歌に含まれる「あだ」「名」「待つ」といった言葉は答歌には引き受けられず、答歌における「今日」「明日」の対句、「雪」と「花」の見立ても、いずれも答歌に独自のものである。しかしながら、表現が直接的に照応しないからといって、贈答歌としての結びつきが弱いとは限らない。むしろ、桜の花のはかなさと人の心の移ろいを軸に、それでも人の訪れを待っていた、とする贈歌に対し、今日来なければ、雪のように消えることはないにせよ明日は散ってしまうだろうからと、来訪の心を伝える答歌とは、かえって表層的な表現を超えたところで照応し、すぐれた贈答歌となっている。

その一方、表層的な表現の乏しさが、贈答歌の評価に響く場合もあるようだ。

むかし、男、津の国、菟原の郡に通ひける女、このたびいきては、または来じと思へるけしきなれば、男、

（男）あしべより満ちくるしほのいやましに君に心を思ひますかな

返し、

（女）こもり江に思ふ心をいかでかは舟さす棹のさしてしるべき

ゐなか人の言にては、よしやあしや。　（三三段）

摂津の国の菟原郡、女は男が二度と通ってこないと思う様子であった。男はますます心惹かれていると歌うが、女は、深く思う私の心をあなたはご存知ない、と歌い返す。贈歌は「あしべ」「しほ」、答歌は「こもり江」「舟」「棹」といった、いずれも海辺の風景で成り立っているが、直接的な表現の照応はない。物語が「ゐなか人の言にては、よしやあしや」として、この答歌の趣の是非を読者にゆだねるように語りおさめるのは、贈歌の主旨を受けて自らの心情を訴える点では一定の水準が認められるものの、機智的に巧みに呼応しているとは言い難い答歌をいかに評価するかという問いかけではなかろうか。

次も同様に、風景は共有しながらも、直接に表現は照応しない。

むかし、男、筑紫までいきたりけるに、「これは、色好むといふすき者」と、すだれのうちなる人のいひけるを、聞きて、

（男）染河を渡らむ人のいかでかは色になるてふことのなからむ

女、返し、

（女）名にしおはばあだにぞあるべきたはれ島浪のぬれぎぬ着るといふなり　（六一段）

筑紫の国で、簾の中の女から色好みと揶揄された男から歌いかけたものである。贈歌は、女の揶揄を受けて、染河を渡れば色に染まらないではいられない、誰だって色好みになる、と主張

するのに対し、答歌は、「たはれ島」が濡れ衣を着ているのでは、と切り返したものか。贈歌には「染河」、答歌には「たはれ島」といずれも九州の地名を詠み込み、贈歌の「河」「渡る」、答歌の「浪」「ぬれ」と水にまつわる風景を詠み込んではいるが、単純な意味での語句の共有はない。

では、次の例はどうか。

むかし、女、人の心を恨みて、

（女）風吹けばとはに浪こす岩なれやわが衣手のかはくときなき

と、つねにことぐさにいひけるを、聞きおひける男、

（男）宵ごとにかはづのあまた鳴く田には水こそまされ雨はふらねど　（一〇八段）

男を恨んで、女から詠みかけた贈答である。女があなたの不実ゆえに袖の乾く間もない、というのに対し、男の歌の解には諸説あるが、水かさが増えて蛙がたくさん泣くように、多くの男を泣かせているのだから袖が濡れても当然だろう、と応酬したものであろうか。贈歌には「浪」「かはく」、答歌には「かはづ」「田」「水」「雨」と、いずれも水の風景を詠むが、ここでも直接の言葉の呼応はなく風景はいささかずれている。女の訴えを軽くいなしてかわしていく男の答歌に、切実さが感じられないこととも関わっていようか。出自の異なる歌と解する説が生じるのも、このような贈答二首の表現の隔たりと関わっていよう。(5)

次の場合、表現はさらに照応するところがない。

むかし、男ありけり。あはじともいはざりける女の、さすがなりけるがもとに、いひやりける。

（男）秋の野にささわけし朝の袖よりもあはで寝る夜ぞひちまさりける

色好みなる女、返し、

（女）みるめなきわが身をうらとしらねばや離れなで海人の足たゆく来る　（二五段）

男が、逢うとも逢わないとも煮え切らない女に詠みかけたものである。『古今集』恋三（六二二・第四句「逢はで来し夜ぞ」・在原業平／六二三・小野小町）において並べて配列されているために贈答歌に仕立てられたとおぼしい(6)この二首の間には、全く表現上の合致もないばかりか、風景すらも共有されていない。贈歌が秋の野の篠の中を朝露に濡れて帰る風景ならば、答歌は「海松布」「浦」「海人」と海辺の風景であって、およそ共有される風景はないのである。本来贈答歌でなかったものを贈答歌に仕立てたのだから風景が齟齬するのも当然ともいえるが、それならばなぜ、この二首があえて贈答歌に仕立てられたのか、という疑問も生まれてくる。業平と小町の贈答、という点に興味が先行したにせよ、あえていえば、本来の『古今集』の本文における贈歌の第四句「逢はで来し夜ぞ」であれば、答歌の結句「足たゆく来る」とが照応し、かろうじて贈答の体をなしていたともいえる。

表現に直接的な照応が希薄な贈答歌の場合、だからといって贈答歌として不出来だとは限らない。すぐれた贈答の掛けあいを成り立たせている場合もある。しかし、その贈答の関係の緊密さ、呼吸の巧みさを感じさせるのは、表現上照応する部分を抱えている場合より難しいこともまた、確かなのである。

五　贈答歌が一対ではない場合

それでは、このような贈答歌における表現の照応関係の特質は、複数の贈答歌が含まれる章段ではどのように働くのであろうか。典型的に示せる事例をいくつか、以下に分析しておきたい。

次は、二一段の場合である。長くなるので全文の引用は控えて、和歌のみを示すことにする。

I　a（女）いでていなば心かるしといひやせむ**世のありさまを人はしらねば**
　　b（男）思ふかひなき世なりけり年月をあだに契りてわれやすまひし
　　c（男）人はいさ思ひやすらむ玉かづらおもかげにのみいとど見えつつ
II　d（女）いまはとて忘るる草のたねをだに人の心にまかせずもがな
　　e（男）忘れ草植うとだに聞くものならば**思ひけりとはしりもしなまし**

III　f（男）忘るらむと思ふ心のうたがひにありしよりけにものぞ悲しき
　　g（女）中空にたちゐる雲のあともなく身のはかなくもなりにけるかな

共に暮らしていた男女が、I一方が家を出ることで関係が絶えてしまったものの、II一度はよりを戻し、III再び別れる、という、男女の関係の流転を物語る章段である。出て行ったのは女だと解するのが通説的で、それに従えば、Iの二人の最初の別れの場面は、a女の歌、b男の歌、c男の歌、となる。aは女の書き置いた和歌で、bとcはそれに対する男の答歌と言えるが、女には手渡ってはいないと見るのが自然であろう。a・b・cの三首の歌の表現に注目すれば、aの女の歌の「世」「人」の語が、bの男の歌の「世」、cの男の歌の「人」の語に引き受けられている。男は、心を許していた相手に思いがけず出奔されて呆然としているのか、男の歌は女の歌にあまり照応していない。歌意も、aの女の歌が相手には伝わらなかった心の悩みを訴えるのに対し、男の歌は、bでは理解しがたい相手の行動に対し途方にくれ、cでは自分の思いの強さを訴えており、互いに自分の思いに囚われて相手の姿を見ていない様子である。

　これに対し、IIは別れた二人が一度よりを戻す箇所で、dの出奔した女の贈歌が「忘るる草」を、eの男の答歌が「忘れ草」を詠み込むことで、照応関係を確かにしている。dの女の贈歌が、あなたに忘れ草の種を蒔いてほしくない、と言えば、eの男の答歌は主に上の句において贈歌の主旨を受け、下の句「思ひけりとはしりもしなまし」において自分の思いを主張する。これは、aの女の歌の下の句「世のありさまを人はしらねば」に呼応したものともなっている。

ところが、続くIIIの最終局面の贈答は、fが男の贈歌、gが女の答歌となっている。ここでは、fの男の贈歌が「忘るらむ」と、d・eの贈答からの連鎖的な表現を詠むのに対し、gの女の答歌は「中空に」「はかなく」なるわが身の不安を詠んでおり、発想も表現も、ともに男の贈歌とはかけ離れたものとなっている。

二一段における七首の和歌の場合、表現上の対応や連鎖がaからb・cに引き受けられるものの、やや希薄であり、さらに、dからe・fに引き受けられるものの、gにはつながらない。こうした表現の連鎖と断絶を見れば、表現上の照応はいずれも残された男の側の執着の表現として生きており、逆に、出て行った女の歌には相手の歌との表現の照応関係が認めにくい、という具合に、表現上の照応と二者間の心情的な結びつきが連動しているのである。IIIの部分、ないしは最後のgの歌を後補とする説もあるが、贈答歌の表現の照応の有無がこの男女の心の距離を象徴的に物語っていると考えるならば、この章段は七首の和歌を通してこそ、巧みに構築されていると考えられよう。

次の二二段も同様だが、ここでは、関係が一度絶えた男女が、しかし再燃して、共に生きることになる。

むかし、はかなくて絶えにける仲、なほや忘れざりけむ、女のもとより、

h（女）憂きながら人をばえしも忘れねばかつ恨みつつなほぞ恋しき

といへりければ、「さればよ」といひて、男、

i（男）あひ見ては心ひとつをかはしまの水の流れて絶えじとぞ思ふ

とはいひけれど、その夜いにけり。いにしへ、ゆくさきのことどもなどいひて、

j（男）秋の夜の千夜を一夜になずらへて八千夜し寝ばやあく時のあらむ‖

返し、

k（女）秋の夜の千夜を一夜になせりともことば残りてとりや鳴きなむ‖

いにしへよりもあはれにてなむ通ひける。

（二二段）

この章段は、二一段のIIの部分に対する、もう一つの顚末とでも言えようか。ひとたび別れた男女が再び関係を持ち、かつて以上に情愛を交し合う物語である。第一首目hと第二首目iとの間には、ほとんど表現上の照応がない。hは再会を願う女の訴えかけであり、iは男が女の歌に応じたもので、二人の心の溝を乗り越えるように、情熱的に絶えせぬ情愛を歌う。ここでの贈答の表現のずれは、むしろ男の女への積極性の表出となっていよう。再会の場で詠まれた第三首目jと第四首目kとは、「秋の夜の千夜を一夜にな〜」という共通の冒頭部を抱えており、末尾が「〜む」で終わるなどといった表現の照応からも、両者の感情の歩み寄りと寄り添

いが明瞭に確認できる体なのである。

このように、贈答歌を複数含む章段の場合、表現が照応する贈答か否かを通して、作中の人間関係の距離感を象徴的に表している場合が多い。このような物語が成り立つからには、原則的には、表現が緊密に照応した贈答歌は親近感を表明したものだ、と考えてよいのであろう。そこから翻れば、単独の贈答歌から成り立っている章段において、表現の照応が必ずしも親近感の表出とならなかったのは、表現の照応がすなわち感情の寄り添いを表す、という通念をあえて覆したところに、それらの物語の妙味が趣向されたからだと考えられる。複数の贈答歌を含む章段では、作中人物間の感情の距離感が物語の進展とともに変化するために、その距離感の変化を示す方法として、贈答歌の表現上の照応の有無が効果的に利用されているのである。

最後に、いま一つの事例を見ておきたい。

むかし、男、かたゐなかにすみけり。男、宮仕へしにとて、別れ惜しみてゆきにけるままに、三年来ざりければ、待ちわびたりけるに、いとねむごろにいひける人に、「今宵あはむ」とちぎりたりけるに、この男来たりけり。「この戸あけたまへ」とたたきけれど、あけで、歌をなむよみていだしたりける。

1 (女) **あ**らたまのとしの三年を待ちわびてただ今宵こそ新枕すれ

といひいだしたりければ、

m（男）あづさ弓ま弓つき弓年を経てわがせしがごとうるはしみせよ

といひて、いなむとしければ、女、

n（女）あづさ弓引けど引かねどむかしより心は君によりにしものを

といひけれど、男かへりにけり。女いとかなしくて、しりにたちておひゆけど、えおひつかで、清水のある所にふしにけり。そこなりける岩に、およびの血して書きつけける。

o（女）あひ思はで離れぬる人をとどめかねわが身は今ぞ消えはてぬめる

と書きて、そこにいたづらになりにけり。（二四段）

三年帰らなかった夫を待ちかねて、別の男の求愛に応じた女が、皮肉にもその夜に帰ってきた元の夫と贈答を交わしたという物語である。第一首目lは、帰ってきた夫に対して詠みかけた女の歌、第二首目mはそれに対する夫の答歌である。ここでは、冒頭の「あ」の音と、「〜年を」の句が照応している。夫の帰りを待ちわびて新たな男を迎えた女の事情を歌う贈歌に対し、答歌はそれを容認し妻と新たな夫の将来を祈るのであり、ぎりぎりのところで感情を交し合う贈答の呼吸は、表現上もからくも照応するところに現れている。第三首目nは、続く女の答歌である。ここでは、第二首目mの冒頭部「あづさ弓」の表現をそのままに引き受け、「あづさ弓」「引けど引かねど」と第二首目mと縁語関係にある語を多用しており、女の、元の夫への感情の寄り添いが表されている。しかし夫が去った後、女が第四首目oの歌を絶唱して死ぬ段になると、もはやこれまでの和歌群と共通する表現を抱え込むことも不可能になる。ただこの四首がいずれも「あ」の音で始まるところに、一連の和歌のやりとりを貫いて醸し出される女の哀愁がわずかに感じ取れる仕立てとなっているのである。

おわりに

以上、『伊勢物語』の贈答歌における表現上の照応関係を一覧し、いくつかの特徴を発見した。贈答歌一組から成り立つ章段では、初句が揃えられているなど表現の照応がきわめて濃厚である場合、本来は共感の強さの表れと見るべきであるが、むしろかえって感情の齟齬を際立たせる例も多かった。また、贈答間の表現の照応関係については、語順がほぼ同じになる場合と、語順が逆転する場合とがあり、語順がほぼ同じである場合、答歌の主張は、どちらかと言えば、贈歌との非共有表現を通して訴えられる場合が多い。また、語順が逆転する場合には、贈歌との共有表現は答歌の上の句に現れて、しばしば一種の「尻取り型」になる。その場合、答歌の主張は、多くは下の句に据えられた、贈歌との非共有表現によって示されることが多くなる。また、贈答間に表現が直接に照応しない場合は、それでも緊密に結びついた優れた事例もある一方で、うまく照応していない印象を抱かせない例も多い。さらに、複数組の贈答歌を含む章段の場合には、表現の共有は、ことに贈歌に対する答歌の側の共感の象徴として描かれており、表現の非共有が感情の齟齬を表わす場合が多い、などといった傾向が確かめられた。こうした理解に基づけば、比較的接続の悪い箇所を後補と解してよいのかどうか、再考の余地があることにもなるだろう。

『伊勢物語』においては、すべての章段に和歌が含まれるものの、贈答歌を含む章段は限られている。二人以上の人物が登場する章段であっても、必ずしも贈答歌の体をなしているわけではない。章段の眼目が、複数の人物間の対話の駆け引きにある場合にこそ、贈答歌の形で仕立てられているのであろう。そのような、駆け引きの機微を、贈歌と答歌の表現の照応関係から探り当てることがどのくらいできるのか、今後の贈答歌分析のための一つの雛形として提案してみた次第である。

〔注〕

（1）久保木哲夫「平安期における贈答歌」（初出一九七三年）、「贈答歌の方法をめぐって」（初出一九七九年三月）等、『折の文学　平安和歌文学論』（笠間書院、二〇〇七年）所載の諸論文。鈴木日出男「女歌の本性」（初出一九八九年）を初めとする『古代和歌史論』（東京大学出版会、一九九〇年）所載の諸論文。そのほか贈答歌については、小町谷照彦「和泉式部日記の贈答歌の達成」（初出一九八八年、『王朝文学の歌ことば表現』若草書房、一九九七年）、久保木寿子「『和泉式部日記』と和歌」(『女流日記文学講座　第三巻　和泉式部日記・紫式部日記』勉誠社、一九九一年)、近藤みゆき「古今風の継承と革新――初期定数歌論」(『古今和歌集研究集成　第三巻　古今和歌集の伝統と評価』風間書房、二〇〇四年)、高野晴代「「澪漂」巻の贈答歌――選択された齟齬」(『むらさき』四二、二〇〇五年十二月)などが参考になる。

(2)　この問題については、増田繁夫「贈答歌のからくり」(『和歌文学の世界　第十集　論集　和歌とレトリック』笠間書院、一九八六年)があり、本稿をなすにあたって多くの示唆を得た。

(3)　南波浩『日本古典全書　竹取物語・伊勢物語』(朝日新聞社、一九六〇年)など。注(2)増田論文も同様の見解を取る。

(4)　注(2)増田論文の指摘による。

(5)　渡辺実『新潮日本古典集成　伊勢物語』(新潮社、一九七六年)など。

(6)　この章段の成立については、

A『古今集』をもとにして作られたとする説(池田亀鑑『伊勢物語に就きての研究　下巻(研究篇)』(大岡山書店、一九三四年)、福井貞助『伊勢物語生成論』(有精堂出版、一九六五年)など)

Bもとは「秋の野に」の歌のみであった章段に「みるめなき」の歌が付加されたとする説(片桐洋一『伊勢物語の研究　研究篇』(明治書院、一九六八年)など)

C『古今集』よりも『伊勢物語』の歌句の方を正しいとする説(香川景樹『古今和歌集正義』)などと諸説ある。

第五章　描かれざる歌――源氏物語の贈答歌――

はじめに

物語には、物語内部の世界で起こった事態のすべてが描かれているわけではない。描かれているのは、おのずからに取捨選択され、選び取られた世界であろう。描かれたる部分の背後には描かれざる部分がある、とは、玉上琢彌氏の言であった。[1]物語の中には随所に、政治向きの話題や漢詩など、女が語る体裁の物語にはふさわしくない内容を省略したと弁明するくだりがある。しかし、そうした省略の文言がなくとも、作中の事態が省略されていることはあるし、和歌であっても、本来そこにあった和歌が叙述されないこともある。物語が、作中の事態の何を選び取り、何を描き出しているのか。ここでは、描かれた和歌から、描かれざる和歌に想像を馳せてみたいと思う。

一　和泉式部日記の場合と源氏物語の場合

『源氏物語』には七九五首の和歌が含まれるが、それらの大半は贈答歌であり、しかもその多くは二者の間で交わされる。和歌の贈答は、平安朝の人々にとっての日常的な交流の方法なのだから当然とはいえ、物語の世界は当時の実態とは別次元のものとして考えねばならない。あるいは、同時代の仮名日記や歌物語などにおいても、和歌は必ずそれぞれの作品の章段や場面の核となっているのだから、という説明もありえよう。しかし、『源氏物語』の贈答歌には、仮名日記や歌物語などとも同列に論じきれないところがある。

『蜻蛉日記』や『和泉式部日記』などではその作品の性格上、兼家と作者、女（和泉式部）と宮（帥宮）、といった特定の二者の間で交わされる贈答歌が、延々と続く。しかし『源氏物語』の場合はより多数の人物が登場するために、贈答歌を交わす人物も場面に応じて変化するし、ある特定の二者の間の贈答歌は一首対一首で完結するのが通例である。連続する場合にも場面を隔てて独立する例が多く、場面を飛び越えてまで特定の二者の間の贈答歌に連続性があるかどうかは疑わしい。

あるいは『伊勢物語』の場合、男は一応業平らしき一人物と考えられるにせよ、章段によってその性格付けはかなり多様になっており、女も章段ごとに多岐にわたっている。そもそも歌物語は短編物語の集積なのだから、それぞれの章段の男と女の贈答歌は、おおむね独立的なのである。一方、『源氏物語』の場合は長編物語であるために、贈答する二者が入れ替わっても、相前後する贈答歌はしばしば照応し合い、緊密な連鎖性を抱えている。すなわち、『源氏物語』の贈答歌には、長編物語における贈答歌ならではの、個々の場面の独立性と、それを超えた連鎖性が認められるということなのである。

それでは具体的に確認していこう。『和泉式部日記』では、石山寺に参籠した女のもとに、宮からの童が遣わされ、文が届けられた。すると女は、宮の贈歌一首に対して二首の和歌を返し、さらなる対話を求めた。

あはれに思ひがけぬところに来たれば、「なにぞ」と問はすれば、御文さし出でたるも、つねよりもふと引き開けて見れば、「いと心深う入りたまひにけるをなむ、などかくなむとものたまはせざりけむ。ほだしまでこそおぼさざらめ、おくらかしたまふ、心憂く」とて、

a（宮）「関越えて今日ぞ問ふとや人は知る思ひたえせぬ心づかひを

いつか出でさせたまふ」とあり。近うてだにいとおぼつかなくなしたまふに、かくわざとたづねたまへる、をかしうて、

b（女）「あふみぢは忘れぬめりと見しものを関うち越えて問ふ人やたれ
いつかとのたまはせたるは。おぼろけに思ひたまへ入りにしかば、
c（女）山ながら憂きはたつとも都へはいつか打出の浜は見るべき」
と聞こえたれば、「苦しくとも行け」とて、「問ふ人とか。あさましの御もの言ひや。
d（宮）たづね行くあふさか山のかひもなくおぼめくばかり忘るべしやは
まことや、
e（宮）憂きによりひたやごもりと思ふともあふみのうみは打ち出てを見よ
『憂きたびごとに』とこそ言ふなれ」とのたまはせたれば、ただかく、
f（女）関山のせきとめられぬ涙こそあふみのうみとながれ出づらめ
とて、端に、
g（女）こころみにおのが心もこころみむいざ都へと来てさそひみよ
思ひもかけぬに行くものにもがなとおぼせど、いかでかは。（四四—六頁）

ここでは、宮一首a→女二首b・c→宮二首d・e→女二首f・g、と和歌が連続的に交わされる。その中で、宮と女とは、互いに共通の言葉を用いながら、対話を紡ぎ出していく。詳細を辿ってみよう。まず宮が、a「関越えて今日ぞ問ふとや人は知る」と歌うと、女は、b「関うち越えて問ふ人やたれ」と、宮の贈歌と共通の語によって切り返す。しかし、女は一

首だけの返歌では飽き足らず、さらにもう一首の歌を詠みかける。このc「山ながら〜」の歌は、いつ帰るのかという宮の問いかけに対して、帰京の予定を明らかにもせず、宮の贈歌aになかった「打出の浜」という新たな風景を、いわば尻取り風に詠んで、次なる対話を切り拓く（第四章参照）。女の二首の歌b・cは、さしずめ宮への返歌一首と新たな贈歌一首なのであり、宮に「早く都に帰って来てほしい」と言わせようとするかのような女の媚態が感じられる。結局、童は宮に「苦しくともゆけ」と命じられて石山まで二往復させられ、さらに宮二首d・e、女二首f・gの贈答歌が濃密に続いていく。

女の返歌b・cに見える、b「あふみぢ」、c「憂き」、c「打出の浜」、c「見る」の語は、

女b「あふみぢ」→宮d「あふさか山」、e「あふみのうみ」→女f「あふみのうみ」

女c「憂き」→宮e「憂き」、宮「憂きたびごとに」（eの後の引歌）

女c「打出の浜は見るべき」→宮e「打ち出てを見よ」→女g「来てさそひみよ」

と、後続の宮の歌に連鎖的に引き受けられ、「近江（逢ふ）」「憂し」「打出の浜」「見る」といった語彙を共有しつつ対話が紡がれていく。

このように『和泉式部日記』においては、女と宮との間に、「月」「雨」「手枕の袖」などといった特定の表現を共有した贈答歌が連鎖的に紡がれており、それが、この作品の展開を導く体となっている。

これに対して『源氏物語』では、単独の二者の間の贈答歌が連続して描写される場合は少なく、個々の場面で独立的に完結する贈答歌が圧倒的に多い。場面を隔てても、特定の二者の間に、ある特定の歌ことばが共有され続けることもあるが、必ずしも作中人物ごとに和歌の表現が個性的だとは言い難く、むしろ、相前後して据えられた異なる人物間に交わされた贈答歌の表現が、連動したり、対照的に描き分けられたりする。

たとえば賢木巻では、桐壺院の没後、藤壺に求愛して拒否された光源氏は、雲林院に籠もって出家者さながらの日々を過ごす。失意のうちに仏道を志す思いも兆すものの、俗世への未練も捨てられない光源氏は、紫の上や朝顔の斎院と、贈答歌を交わす。ここでは、紫の上との間の贈答歌と、朝顔の斎院との間の贈答歌の、二組の贈答歌が対比的に描き分けられている。

Ⅰ例ならぬ日数も、おぼつかなくのみ思さるれば、御文ばかりぞしげう聞こえたまふめる。「行き離れぬべしやと試みはべる道なれど、つれづれも慰めがたう、心細さまさりてなむ。聞きさしたることありて、やすらひはべるほどを、いかに」など、陸奥国紙にうちとけ書きたまへるさへぞめでたき。

（光源氏）浅芽生の露のやどりに君をおきて四方の嵐ぞ静心なき

などこまやかなるに、女君もうち泣きたまひぬ。御返り、白き色紙に、

（紫の上）風吹けばまづぞみだるる色かはる浅芽が露にかかるささがに

とのみあり。「御手はいとをかしうのみなりまさるものかな」と独りごちて、うつくしとほほ笑みたまふ。常に書きかはしたまへば、わが御手にいとよく似て、いますこしなまめかしう女しきところ書き添へたまへり。何ごとにつけても、けしうはあらず生ほし立てたりかしと思ほす。
（賢木巻・②一一七―八頁）

II　吹きかふ風も近きほどにて、斎院にも聞こえたまひけり。中将の君に、「かく旅の空になむもの思ひにあくがれにけるを、思し知るにもあらじかし」など恨みたまひて、御前には、

（光源氏）「かけまくはかしこけれどもそのかみの秋思ほゆる木綿襷かな

昔を今にと思ひたまふるもかひなく、とり返されむもののやうに」と、馴れ馴れしげに、唐の浅緑の紙に、榊に木綿つけなど、神々しうしなして参らせたまふ。御返り、中将、「紛るることなくて、来し方のことを思ひたまへ出づるつれづれのままには、思ひやりきこえさすること多くはべれど、かひなくのみなむ」と、すこし心とどめて多かり。御前のは、木綿の片はしに、

（朝顔）「そのかみやいかがはありし木綿襷心にかけてしのぶらんゆゑ

近き世に」とぞある。御手こまやかにはあらねど、らうらうじう、草などをかしうなりにけり。まして朝顔もねびまさりたまへらむかしと、思ひやるもただならず、恐ろしや。
（賢木巻・②一一九―一二〇頁）

……

I光源氏と紫の上との文、II光源氏と朝顔の斎院との文が、順に並べられている。形態の上では、I紫の上宛の文は、「陸奥国紙」という、恋文としてはやや無粋な白い厚手の紙を用いて、馴染んだ女との日常的なやりとりの風情である。一方、II朝顔の斎院宛の文は、「唐の浅緑の紙」とあって、船来の薄緑色の風流な紙を用いて、榊の枝に木綿を付け、女房の中将の君宛の手紙に忍ばせるなど、神域に身を置く相手への気取りと憚りが感じられる。また、その文面も、I紫の上宛の文は、「こまやかなるに」と語られるところからしても、物語に描写されていない愛情豊かな散文が記されていた様子である。一方の、II朝顔の斎院宛の文は和歌と短い言葉しかない。

対する女君の側も、I紫の上は、「白き色紙」を用いることで光源氏の文の色に合わせ、II朝顔の斎院は、光源氏が贈った木綿の片端を切り取って返事をする。文面も、I紫の上は和歌一首のみで、光源氏の文とは対照的に寡黙であり、II朝顔の斎院は和歌一首と短い言葉で、光源氏の文面と釣り合う程度の分量で答えている。それぞれを受け取った光源氏は、I紫の上の自分によく似た筆跡を見ては、万事につけて至らぬところなく育て上げたいと、親代わりにも似た思いを抱き、II朝顔の斎院に対しては、筆跡から人柄に奥ゆかしさを感じ取り、懸想心を掻き立てられている。このように、紫の上、朝顔の斎院、それぞれとの文のやりとりは、紙質の違い、筆跡などからも、比較対照できる仕組みとなっている。

このように、形の上で対照性著しい二組の文は、それぞれの和歌の表現上も全く連続性がない。光源氏と紫の上との贈答歌を、改めて並べてみよう。

（光源氏）浅芽生の露のやどりに君をおきて四方の嵐ぞ静心なき

（紫の上）風吹けばまづぞみだるる色かはる浅芽が露にかかるささがに

ここでは、光源氏の贈歌「浅芽生の露」に紫の上は「浅芽が露」と応じており、贈歌「四方の嵐ぞ静心なき」には「風吹けばまづぞみだるる」と応じている。贈答歌に共有される表現は、語順を逆転させて照応しており、紫の上の返歌は光源氏の心変わりへの不安を訴えて、きわめて緊密に結びついている（第四章参照）。

一方、光源氏と朝顔の斎院との贈答歌はどうか。

（光源氏）かけまくはかしこけれどもそのかみの秋思ほゆる木綿襷かな

（朝顔）　そのかみやいかがはありし木綿襷心にかけてしのぶらんゆゑ

光源氏の贈歌「そのかみ」「木綿襷」を、朝顔の斎院の返歌は語順を合致させたまま「そのかみ」「木綿襷」と引き受けている。一見礼儀正しく応じているかに見えるが、内容的にはかつての関係を匂わす光源氏の言葉を打ち消すものとなっており、両者の親しみと距離感とを確かめる体のものとなっている。

このように、Ⅰ光源氏と紫の上との贈答歌と、Ⅱ光源氏と朝顔の斎院との贈答歌とは、それぞれ自立的に緊密な贈答歌である。そして、ⅠとⅡとは、形態の上では照応関係をなす一方、贈答歌の表現の上では、連続性はなく遮断されている。また、Ⅰが共有する語の語順を逆転させた贈答歌、Ⅱは語順を合致させた贈答歌であり、その点でもⅠとⅡとは対照的である。こうした対照的な手紙の形態や贈答歌の表現を通して、光源氏と紫の上の関係、光源氏と朝顔の斎院との関係が、相互に照らし出される仕組みとなっている。

さらに、後続の、光源氏が雲林院から帰邸後、藤壺に紅葉を贈る場面では、光源氏の文は、密通の秘密を知っている藤壺の女房王命婦宛に遣わされる。前述のⅡで、朝顔の斎院宛の文を、女房中将の君宛の手紙の中に忍ばせたのを思わせる。ただし、光源氏の藤壺への贈歌は描かれない。藤壺は光源氏に贈られた紅葉の枝の美しさに感動するものの、「例のいささかなるものありけり」（賢木巻・②一二二頁）と、枝に結び付けられた文を発見して顔色を変え、紅葉の枝の入った瓶を遠ざけた。結局、光源氏の贈歌は藤壺の目に触れることはなかった、だから和歌が描出されないのである。

光源氏と紫の上、光源氏と朝顔の斎院、光源氏と藤壺、という三組のやりとりは、このように、それぞれに鮮明に描き分けられている。『源氏物語』における和歌の表現が、個々の作中人物の造型や内面の必然だけではなく、物語の展開に連動して描出されるという側面が確かめられよう。

二　須磨巻の贈答歌（1）――藤壺・朧月夜・紫の上の場合

須磨巻には多くの贈答歌が描かれる。なかでも光源氏が須磨の地に下るに際して、都の人々と別れを惜しんで交わした一連の贈答歌、及び、須磨の地に下った光源氏が都の人々との間に交わした一連の贈答歌は、目立った存在である。ここでは後者の、須磨の地の光源氏が都の人々との間に交わした贈答歌について、検討してみたい。(2)

『源氏物語』では、贈歌と答歌は連続して語られるのが通例で、前述の賢木巻においても、雲林院にこもった光源氏と紫の上、光源氏と朝顔の斎院との贈答は、それぞれが一対のものとして近接して語られていた。だが、須磨巻ではまず須磨の光源氏の挙動がまとめて語られ、それに対する都の人々の反応がまとめて語られる、という形になっている。おそらく、都と須磨との物理的な距離の隔たりゆえであろう。光源氏の使者は、都の女たちに宛てた光源氏の文をまとめて運び、女たちからの返事をまとめて須磨に届けたはずだからである。

それにしても、省略された和歌の存在が気にかかる。光源氏は、紫の上への文と藤壺への文を書きあぐねて思案した挙句、紫の上・藤壺・朧月夜・左大臣邸には文を書いた様子である。しかし、光源氏の紫の上への文や贈歌は描かれない。藤壺宛と朧月夜宛とは和歌を含んだ短い文面が描かれるものの、左大臣邸宛の文面は紹介されない。

なぜここで、藤壺や朧月夜に宛てた光源氏の贈歌が描かれるのに、紫の上への贈歌は描かれないのだろうか。藤壺と朧月夜とが、光源氏が須磨に下る因として、とりわけ重要であったにしても、やはり不自然に感じられる。

そこで、光源氏の、藤壺や朧月夜への贈歌の表現に注目してみたい。

京へ人出だしたてたまふ。二条院へ奉れたまふと、入道の宮のとは、書きもやりたまはず、くらされたまへり。宮には、

（光源氏）「松島のあまの苫屋もいかならむ須磨の浦人しほたるるころ

いつとはべらぬ中にも、来し方行く先かきくらし、汀まさりてなん」。

尚侍の御もとに、例の中納言の君の私事のやうにて、中なるに、「つれづれと過ぎにし方の思ひたまへ出でらるるにつけても、

（光源氏）こりずまの浦のみるめのゆかしきを塩焼くあまやいかが思はん」

さまざま書き尽くしたまふ言の葉思ひやるべし。大殿にも、宰相の乳母にも、仕うまつるべきことなど書きつかはす。（須磨巻・②一八八―九頁）

この光源氏の二首の歌には、「あま」「須磨の浦」の語が共通して詠み込まれている。しかし、「須磨の浦」はともかく、「あま（尼・海人）」の語は藤壺への贈歌の表現としてはふさわしいに

しても、朧月夜への贈歌の表現としては必然性がない。逆にたとえば、藤壺への贈歌にしかない「しほたる」の語が朧月夜への贈歌にあっても不自然ではないし、朧月夜への贈歌にしかない「こりずま」「ゆかしき」といった語が、藤壺への贈歌の表現にあったとしても不自然ではない。要するに、ここでの光源氏の、藤壺と朧月夜とに対する贈歌には、それぞれの相手ならではの表現の必然性は乏しいのである。

このことは後続の、藤壺・朧月夜・紫の上の三人の女君からの返歌について考える際の手がかりにもなる。光源氏からの使いを受けて、都の人々の反応が描かれるくだりには、まず紫の上の苦悩が綿々と描かれるものの返歌はすぐには語られず、藤壺と朧月夜の返歌を含んだ短い文面が描かれ、最後に紫の上の返歌が描写されている。左大臣邸からの返事は叙述されない。それでは、藤壺と朧月夜の返歌から見てみよう。

年ごろは、ただものの聞こえなどのつつましさに、すこし情ある気色見せば、それにつけて人の咎め出づることもこそとのみ、ひとへに思し忍びつつ、あはれをも多う御覧じすぐし、すくすくしうもてなしたまひしを、かばかりにうき世の人言なれど、かけてもこの方には言ひ出づることなくてやみぬるばかりの人の御おもむけも、あながちなりし心のひく方にまかせず、かつはめやすくもて隠しつるぞかし、あはれに恋しうもいかが思し出でざらむ、御返りもすこしこまやかにて、「このごろはいとど、

（藤壺）　しほたるることをやくにて松島に年ふるあまも嘆きをぞつむ」

尚侍の君の御返りには、

（朧月夜）「浦にたくあまだにつつむ恋なればくゆる煙よ行く方ぞなき

さらなることどもはえなむ」とばかりいささかにて、中納言の君の中にあり。思し嘆くさまなどいみじう言ひたり。あはれと思ひきこえたまふふしぶしもあれば、うち泣かれたまひぬ。

（須磨巻・②一九一―二頁）

光源氏からの贈歌の順に応じて、藤壺、朧月夜の順に返歌が紹介されている。藤壺は、日頃は心に秘めている光源氏への慕わしさを、この時ばかりは情愛深く伝えたという。それでは改めて、藤壺の返歌の表現を、光源氏の贈歌と見比べたい。

（光源氏）松島のあまの苫屋もいかならむ須磨の浦人しほたるるころ

（藤壺）　しほたるることをやくにて松島に年ふるあまも嘆きをぞつむ

藤壺の返歌は、「松島」「あま」「しほたるる（こ）」の語を光源氏の贈歌から引き受けて、語順を入れ替えて照応させている。贈歌の上の句「あまの苫屋もいかならむ」という問いかけに対し、返歌は下の句で「あまも嘆きをぞつむ」と答えているが、これは、贈歌が下の句で「浦人しほたるるころ」と詠み手の嘆きを訴えていたのに応じて、返歌も下の句で嘆きを訴える形をとって照応しており、寄り添うように照応する緊密な関係が見出せる。と同時に、藤壺がなんら格別に新しい風景を詠み込まないところからすれば、さらなる対話の糸口を与えないような趣も感じられる。

同様に、朧月夜の返歌も、光源氏の贈歌と見比べよう。

（光源氏）こりずまの浦のみるめのゆかしきを塩焼くあまやいかが思はん

（朧月夜）浦にたくあまだにつつむ恋なればくゆる煙よ行く方ぞなき

朧月夜の返歌は、「浦」「あま」の表現を光源氏の贈歌から引き受け、贈歌の「塩焼く」の表現を受けて、「たく」「くゆる煙」と応じている。また、光源氏の朧月夜への贈歌という限りでは必然性の見えにくかった「あま」の語を受けて、「あまだにつつむ」と詠むことで、忍ぶ恋の苦しさを歌い返しており、贈歌の表現を存分に生かした返歌に仕立てている。ただ、返歌が下の句に「行く方ぞなき」と自らの身の上の不安を詠むところは、どちらかといえば尻取り型となっており（第四章参照）、光源氏にただ照応するだけではない、自らの訴えかけの濃厚に感じられる仕立てとなっているのである。

さて、問題は、後続の紫の上の返歌である。

姫君の御文は、心ことにこまかなりし御返りなれば、あはれなること多くて、

（紫の上）浦人のしほくむ袖にくらべみよ波路へだつる夜の衣を

物の色、したまへるさまなどいときよらなり。（須磨巻・②一九二頁）

紫の上への光源氏の贈歌が描写されていない中で、この紫の上の返歌をどのように理解すればよいのだろうか。あるいは、この紫の上の返歌から逆算して、描かれざる光源氏の贈歌を想定することができるだろうか。

紫の上の返歌の表現の中で、前掲の藤壺・朧月夜の歌と大きく異なるのは、下の句の表現「波路へだつる夜の衣を」の部分である。この表現は、紫の上が光源氏に装束を贈ったことに関わっていようから、光源氏の贈歌の表現を引き受けたものというより、むしろ返歌に独自の表現である可能性が高い。だとすれば、そもそも光源氏の紫の上への描かれざる贈歌は、「浦人」「しほくむ」といった言葉によって成り立っていると想像され、その語彙は、実のところ、光源氏の藤壺や朧月夜への贈歌の表現と大差がない。

描かれていない光源氏の紫の上への贈歌を想定するのは困難である。しかし、光源氏の藤壺や朧月夜への贈歌は、描かれざる紫の上への贈歌をも想定させる、須磨の地にある光源氏の憂愁を歌ったものとして、一種の普遍性を抱えた和歌であったと考えられる。逆に言えば、これらの光源氏の和歌には、相手によって表現を使い分けるという意味でのそれぞれの固有性には乏しいものだともいえよう。

と同時に、光源氏の紫の上への贈歌が省略されて叙述されないことによって、紫の上の光源氏への〈返歌〉は、叙述の上では一見、紫の上からの〈贈歌〉の体を取り、自ら積極的に歌を詠みかけた、という風情を見せてくる。すなわち、物語は作中で起こった事態を、しかるべき操作を加えて取捨選択して切り取って叙述していることになる。このことは、後続する六条御息所や花散里の和歌の理解の助けともなるはずである。

三　須磨巻の贈答歌（2）——六条御息所・花散里の場合

この一連の描写ののち、「まことや」と、まるで今まで忘れていたことを思い出したかのような語り口で、六条御息所や花散里の近況へと話題が移っていく。

光源氏から六条御息所のもとに、使者が遣わされたという。が、その文面は叙述されず、六条御息所から光源氏に贈られた二首の和歌が描かれる。都の人々への手紙と別に描かれるのは、六条御息所と光源氏との複雑な関係ゆえかもしれないが、方角の異なる伊勢にいる六条御息所のために、使者が別に遣わされたということかもしれない。

光源氏がわざわざ六条御息所に使者を遣わしたとすれば、その際に和歌を持たせなかったとは考えにくく、従って、物語は意図的に光源氏の贈歌を叙述せず、六条御息所から光源氏へ、という贈答の形に見せかけて叙述したと考えられる。なぜなら、

まことや、騒がしかりしほどの紛れに漏らしてけり。かの伊勢の宮へも御使ありけり。か

れよりもふりはへたづね参れり。浅からぬことども書きたまへり。（須磨巻・②一九三頁）

と、まず光源氏が使者を遣わされ、それが直接須磨に帰ったのか都へ立ち寄ったのかは定かでないにせよ、光源氏の使者に応じて、六条御息所からも須磨へと使者を遣わした様子だからである。光源氏は、六条御息所からの使者に親しみを覚えて二、三日逗留させたとある。

言の葉、筆づかひなどは、人よりことになまめかしくいたり深う見えたり。「なほ現とは、思ひたまへられぬ御住まひをうけたまはるも、明けぬ夜の心まどひかとなん。さりとも、年月は隔てたまはじと思ひやりきこえさするにも、罪深き身のみこそ、また聞こえさせむこともはるかなるべけれ。

p（六条）うきめ刈る伊勢をの海人を思ひやれもしほたるてふ須磨の浦にて

よろづに思ひたまへ乱るる世のありさまも、なほいかになりはつべきにか」と多かり。

q（六条）伊勢島や潮干の潟にあさりてもいふかひなきはわが身なりけり

ものをあはれと思しけるままに、うち置きうち置き書きたまへる、白き唐の紙四五枚ばかりを巻きつづけて、墨つきなど見どころあり。（須磨巻・②一九三—四頁）

ここで六条御息所からの歌が二首あるのは、なぜだろうか。前述の『和泉式部日記』の石山参籠の場面から類推すれば、そもそも、光源氏の贈歌一首があったのではないかと思われる。六条御息所の歌の一首目pに、「しほたるてふ須磨の浦」とあるから、もし六条御息所への光源氏の贈歌があったのだとすれば、そこには、「しほたる」「須磨の浦」といった言葉が含まれていたと想定できる。「海人」の語まで含めて、これらはすべて前掲の、光源氏の藤壺への贈歌に含まれた言葉でもある。逆に、光源氏と藤壺・朧月夜・紫の上との贈答には見られなかった、六条御息所の歌に独自の表現はといえば、「伊勢」「潮干の潟」「あさり」などであろうか。つまり、一首目pで描かれざる光源氏の贈歌と表現を共有したのを発展させて、二首目の歌qは、六条御息所の独自の表現を多く用いて、尻取り風に自らの内面を歌ったのではなかろうか。

六条御息所の二首の和歌は、一首目pは描かれざる光源氏の贈歌に対する返歌であり、二首目qは光源氏への新たな贈歌なのではなかったか。二首目qの下の句「いふかひなきはわが身なりけり」は、自らの内面に向かっていく表現であるから、どちらかといえば贈歌の趣ではないにせよ、六条御息所が自らの思いを一首だけでは詠みきれず、二首に分けて詠んだからには、光源氏の返歌を求めていると考えられる。光源氏の返歌が欲しい六条御息所は、光源氏からの再度の使者は期待薄と判断し、自ら使者を派遣したのではなかろうか。遠方からわざわざ訪れた六条御息所の使者に対しては、光源氏も手ぶらで返すわけにはいくまい。和泉式部のように、男の従者に京と石山とを幾度も往復させる類いのしたたかさを持ち得ない、六条御息所の哀しみが透けて見えるかのようである。

では、光源氏の返事を見てみよう。

御返り書きたまふ。言の葉思ひやるべし。「かく世を離るべき身と思ひたまへましかば、おなじくは慕ひきこえましものをなどなむ。つれづれと心細きままに、
r（光源氏）伊勢人の波の上こぐ小舟にもうきめは刈らで乗らましものを
s（光源氏）海人がつむ嘆きの中にしほたれていつまで須磨の浦にながめむ
聞こえさせむことの何時ともはべらぬこそ、尽きせぬ心地しはべれ」などぞありける。
（須磨巻・②一九五―六頁）

前述の賢木巻での、紫の上や朝顔の斎院に宛てた光源氏の手紙が、どちらかといえば女君よりも言葉数多く饒舌であったことを思い起こせば、ここでの光源氏の文面は六条御息所の文面に比べても簡略なものに見えてこよう。

p（六条）うきめ刈る伊勢をの海人を思ひやれもしほたるてふ須磨の浦にて
q（六条）伊勢島や潮干の潟に**あ**さりて**も**い**ふかひなきはわが身なりけり
r（光源氏）伊勢人の波の上こぐ小舟にもうきめは刈らで乗らましものを
s（光源氏）海人がつむ嘆きの中**に**しほたれ**て**い**つまで須磨の浦にながめむ

光源氏の返歌の一首目rは「伊勢人」「うきめは刈ら」と六条御息所の一首目pと共通の言葉を詠み込んでいる。また、返歌の二首目sは、「〜に〜て〜」の構文によって贈歌の二首目qと照応している。贈歌、答歌ともに二首目の下の句でq「**い**ふかひなきはわが身なりけり」、

ｓ「いつまで須磨の浦をながめむ」とそれぞれの自身の苦境を訴え合い、冒頭を「い」の音に揃えるなど表現は細やかに照応している。そもそもの光源氏の贈歌の有無はともかく、表現上はこの二首一組の贈答歌が見事に照応し合っており、光源氏の六条御息所への礼儀と心遣いが表されている。

ここで、光源氏の返歌の二首目ｓが、六条御息所の贈歌の一首目ｐに照応して、「海人」「しほたる」「須磨の浦」といった表現を抱えているところに注目したい。これは、前掲の光源氏の藤壺や朧月夜への贈歌の表現、すなわち、先に想定した描かれざる光源氏の六条御息所への贈歌の表現と酷似するではないか。描かれざる光源氏の贈歌などを想定する必要もないほどに、和歌の表現には新たな進展はなく、堂々巡りとなっている。冒頭に挙げた『和泉式部日記』の女と宮との贈答が、女が宮の贈歌にない新たな語「打出の浜」を詠むことによって、贈答歌のやりとりに新しい展開を呼び覚ましたことを思い出したい。六条御息所の二首目の歌ｑが、伊勢にある自らの風景を歌うことで、光源氏に対話を求めたとするならば、光源氏の返歌ｒ・ｓは新たな風景を拓くものではなく、対話にこれ以上の進展はない。その意味で、まことに礼儀正しく贈答歌を交わしながらも、新たな関係の進展が期待できない、光源氏と六条御息所の関係を物語るにふさわしい表現となっている。

さて、六条御息所に引き続いては、花散里からの和歌が叙述される。ここには、光源氏の返歌すら叙述されない。あるいは、これ自体、実は光源氏の贈歌に対する返歌だったにもかかわらず、花散里の和歌だけが切り出されて叙述された可能性もある。

花散里も、悲しと思しけるままに書き集めたまへる御心ごころ見たまふは、をかしきも目馴れぬ心地して、いづれもうち見つつ慰めたまへど、もの思ひのもよほしぐさなめり。

（女）荒れまさる軒のしのぶをながめつつしげくも露のかかる袖かな

とあるを、げに葎よりほかの後見もなきさまにておはすらんと思しやりて、長雨に築地所どころ崩れてなむと聞きたまへば、京の家司のもとに仰せつかはして、近き国々の御庄の者など催させて仕うまつるべきよしのたまはす。（須磨巻・②一九六頁）

須磨から都に遣わされた光源氏の使者が、花散里をも訪れるよう命ぜられていたと考えれば、この場面の限りでは、一見女からの贈歌に見える花散里の歌は、実のところ光源氏への返礼かもしれず、女の自発的な贈歌かどうかは定かでない。しかし、ここまでの光源氏と女たちの贈答が、いずれも海辺の風景に関する語彙を共有していたことから考えれば、紫の上や六条御息所の場合とは、似而非なるものがある。

花散里の和歌「荒れまさる軒のしのぶをながめつつしげくも露のかかる袖かな」には、「須磨の浦」「しほたる」「海人」といった表現がまったく見受けられない。須磨にいる現在の光源氏の情況とは無縁な表現であり、むしろ、これまでの物語における花散里姉妹が光源氏と交わした贈答歌の延長上にある。花散里巻の麗景殿女御の歌「人目なく荒れたる宿は橘の花こそ軒のつまとなりけれ」（花散里巻・②一五七頁）や、光源氏の須磨出立前の花散里の歌「月影のやどれる袖はせばくともとめても見ばやあかぬ光を」（須磨巻・②一七五頁）などの表現と連鎖的である。その意味では、この和歌は、麗景殿女御・花散里姉妹のいずれの歌であるかすら判別し難いものとなっている（第二章参照）。

紫の上や六条御息所の場合には、光源氏の贈歌が描かれていなくとも、女の歌が返歌であることが各歌の表現を通して暗示されていた。だとすれば、花散里の場合は、そもそも女からの贈歌であったとの理解もあり得よう。紫の上の場合は、光源氏からの贈歌があったことが明示されながらも女の返歌だけが描かれ、六条御息所の場合は、光源氏の贈歌があった可能性が濃厚であるのにその有無が叙述されず、女の贈歌二首と男の返歌二首という形で描かれていた。花散里の場合は、その表現を通して、そもそも女からの贈歌であることを示し、なおかつ光源氏の返歌を描かないのだ、と理解できようか。

こうしてみると、物語が、光源氏と多くの女君との相対的な関係に応じて、贈答歌の呼吸を描き分けていることはまず疑いない。時として作中に実在した和歌でさえ、物語の語りの操作のうちに隠蔽されることもあるのである。

おわりに

『源氏物語』においては、須磨巻、須磨の地への下向前にせよ、須磨滞在中にせよ、光源氏と紫の上との間に交わされた贈答が連続して描出されず、複数の相手に対して交わされた贈答歌が相互に対照され、時には補完されて並列的に描出される。しかし、これは、光源氏と紫の上の二者の間に、連鎖的な贈答が交わされなかったということではない。須磨の地にある光源氏と都の紫の上の間で、実に緊密に文のやりとりがされ、絵日記の如きものまで贈り合い、遠く距離を隔てて心を交し合っていたことは、絵合巻に見られる絵日記の存在や、幻巻に追憶され燃やされる文の数々から判明する。しかし、須磨・明石巻の叙述は、そのような光源氏と紫の上との二者間の贈答そのものだけに照準を合わせて描出しない。むしろ、光源氏と複数の相手との贈答を並列的に積み重ねることで、互いに互いを照射する語り口になっている。その意味で、『源氏物語』の贈答歌は、巨大な構造を抱えた長編物語としての論理を優先させて構築されているのである。

『源氏物語』における贈答歌の規範を、歌物語の贈答のあり方に見出すのは容易い。『伊勢物語』は、男女間に交わされた一組の贈答を核に据えた章段が多いからである。しかし、『伊勢物語』一六段のように特定の二者の間の連鎖する贈答によって構成された章段や、二一段のように時間の経過を追った特定の二者間の贈答を連鎖させる章段もあり、贈答歌の形はむしろ柔軟である。それに比すると『源氏物語』の場合には、特定の二者間に交わされる贈答が独立した一場面で遮断されることが多く、往々にして前掲の賢木巻の例に見られるように、近接した二組の贈答が別の相手との間で交わされ、それぞれとの関係を相対的に照射する。それは、光源氏を核とした長編物語を構想する上で、必然的に選び取られた方法だったのではなかろうか。

光源氏と藤壺の贈答が若紫巻まで描かれないのも、弘徽殿女御や葵の上の和歌が描かれないのも、語りの操作である。夕顔が自ら贈歌する形で物語に登場するのは、光源氏の女君たちの中で相対的に軽い存在だからである。紫の上が当初その幼児性ゆえに容易に光源氏に返歌しない設定なのも、紫の上を尊重して語り為そうとするこの物語の方法と解せる。

従来ともすると、物語の和歌については、作中人物の性格や心情の次元で理解されがちであった。しかし、物語中の和歌は、作中人物の内面の必然のほかに、作中の事態をいかに切り取って語るかという、物語の語りの操作から免れることはない。そこには作中人物を相対的に位置付けようとする、物語の語りかけがある。翻れば『和泉式部日記』とても、そうした虚構化の力学によって再構築された側面が否めない。

物語が何をいかに描き為そうとしているのか、その企みに目を凝らしたいものである。

〔注〕

（1）玉上琢彌「源氏物語の構成――描かれたる部分が描かれざる部分によって支えられていること――」（初出一九五二年六月、『源氏物語研究　源氏物語評釈　別巻一』角川書店、一九六六年）

（2）『源氏物語』の和歌については、小町谷照彦「源氏物語の和歌――物語の方法としての側面――」（『源氏物語講座　第一巻　主題と方法』有精堂、一九七一年）、「作品形成の方法としての和歌」（初出一九八二年七月、『源氏物語の歌ことば表現』東京大学出版会、一九八四年）に網羅的な整理がある。また、須磨巻の和歌については、小町谷照彦「光源氏須磨流謫と和歌――「須磨」論のためのノート――」（初出一九六七年七月、『王朝文学の歌ことば表現』若草書房、一九九七年）、藤岡忠美「離別歌の贈答――源氏物語「須磨」の場合――」（初出一九八一年、『平安朝和歌　読解と試論』（風間書房、二〇〇三年）などがある。

第III部　手紙の方法

第六章　手紙から読む源氏物語

はじめに

手紙とは何か。常識的には目前にない者との文字による交流、といえる。だが、目前にいる他者との筆談めいたやりとりも、文字を欠いた贈り物や使者の語る口頭での伝言も、広義には手紙と呼べなくもない。その意味で、手紙の定義は、はなはだ流動的である。『源氏物語』中の手紙の総数を二七一例と数える説(1)、六七二例以上とする説(2)など、誤差とは言い難い大幅な差異が生じるのもそのためであろう。

『源氏物語』は周知の通り、桐壺巻では桐壺帝が靫負命婦を桐壺更衣母のもとへ遣わし、夢浮橋巻では薫が浮舟のもとへ弟小君を使者として遣わす。この物語の冒頭と結末とがともに文使いを遣わすところに始まり終わる、という円還構造を抱えているところには、長恨歌引用という問題だけにとどまらず、手紙に注目した源氏物語論の可能性が感じられる。『無名草子』の「文」への言及が物語の素材論としても注目されることからしても、(3)『源氏物語』が手紙という素材をいかに有効に活用しているかは興味深い課題といえる。

手紙といえば、優雅でみやびな風俗という印象が強く、ともすると、物語に描かれた手紙の描写から平安朝の手紙の実態を想定する類いの議論が多かった。(4)その一方、『源氏物語』における手紙のあり方を、よりこの物語に固有の問題として捉える論も、すでに提起されている。(5)人物論的な整理、(6)筆跡や料紙への注目、(7)消息文の文体への注目(8)などの各論もあり、また、作中における表現機能として注目する必要性も指摘されている。(9)とはいえ、物語の進行との相関において手紙の働きを考えるという意識は、先行諸論にはいまだ不充分といえよう。たとえば『源氏物語』の音楽論が、とりわけ王権論的な分析に耐え得たからであるにせよ、(10)風俗の問題を超えてより主題相に関わる問題として議論されてきたことに比すれば、手紙についての議論はいまだ途上にあるといえる。

そこで本章では、手紙について、単に恋愛や結婚に不可欠な平安朝の風俗という実態的側面に回収されることなく、作中世界における手紙という交流の形式に注目し、あくまで物語の主題的情況に相関し、変移し、深化するものとしての手紙の機能、手紙による場面構築の方法について考えたい。(11)

『源氏物語』の作中の手紙についての網羅的な整理は、田中仁氏の一覧表（紙・本文・形・折枝・誰から・誰へ・文使い・備考の項に分けて整理）があるのでそれに譲り(12)、以下、作中の個々の事例の特筆すべき問題点を指摘しつつ、物語の主題相との相関においてそれらを位置付けることを課題としたい。

なお、原文における「文」「消息」を区別せず、文字に書かれたものを「手紙」と称することにする。

一　桐壺巻から花宴巻における手紙

桐壺巻、桐壺更衣死後、桐壺帝は更衣の実家に勅使靫負命婦を遣わす（桐壺巻・①二六―三三頁）。特筆すべきは、帝からの手紙とともに命婦の伝言がある点である。手紙は手紙だけではその役割を果たし得ず、靫負命婦という一回的な登場人物が口頭で語る事柄と、文字化された手紙とが一対のものとして物語に要請される。更衣母から桐壺帝への返事も、命婦からの伝言と手紙とであるが、その伝言の内容は叙述されない（桐壺巻・①三三―五頁）。更衣母と靫負命婦との会話が叙述されたのは、更衣入内の経緯という物語開始以前の過去を読者に示すためなのである。

続く帚木巻、雨夜の品定めでは、優れた女性の条件としてその手紙の質が話題になる（帚木巻・①五五―六・六三・七〇・八二・八六・八九頁）。光源氏の恋愛遍歴の物語の導入にそれが不可欠であったことは、以後、朝顔巻まで、物語に描き出される手紙のほとんどが光源氏と女君との間に交わされた手紙であることからも了解できる。

帚木巻後半以降の空蟬の物語では、その後の物語の萌芽といえる要素がふんだんに散りばめられている。以下、その特質を列挙すれば、

（a）光源氏の、空蟬の弟小君への文使いの委託

（b）使者という第三者の介在

（c）空蟬の、手紙の不用意な散逸への危惧

（d）手習を装った手紙

（e）恋愛の不成立を前提とした、女からの手紙

（f）手紙による交流を通した、複数の女君の比較対照

などが数えられる。（a）は、物語結末部の浮舟とその弟小君に反復される。（b）手紙は、使者という第三者を介在させなければ成立しない点で、純然たる当事者同士の直接の対話ではあり得ない。ことに小君の場合は姉の意思に反した文使いである。（c）空蟬が小君の幼さゆえに「心よりほかに散りもせば」（帚木巻・①一〇八頁）と、手紙の散逸を危惧するところは、の

ちの柏木物語の先蹤といえる。（d）光源氏は最後に空蟬と通常の手紙による交信すら許されないと自覚したためか（空蟬巻・①一一七頁）、手習を装って交信する（空蟬巻・①一二九―一三一頁）。空蟬の返歌が再び光源氏の手に渡ったかどうか定かでないところも実験的先蹤と思しい。（e）夕顔巻巻末、夕顔の死後病床にある光源氏を見舞って、空蟬が和歌を詠みかけるのは、夫に伴われて下京することを前提とした交流であった（夕顔巻・①一八九―一九〇、一九四―五頁）。『竹取物語』の求婚者達が求婚の失敗によってかぐや姫の和歌を得ることを連想させる。（f）空蟬と、空蟬の継子の軒端荻とは、手紙の呼吸を通しても比較対照される。たとえば、光源氏が軒端荻に後朝の文を贈らない点（空蟬巻・①一三〇頁）などである。総じて空蟬の物語には、藤壺の密通や明石の君の造型など、『源氏物語』の様々な要素が先取りされているが、手紙による場面構築、という点でも、多様に実験的な要素が認められるのである。

さて、夕顔巻は、夕顔の女が光源氏に和歌を贈るところから始まる（夕顔巻・①一三六―一四一頁）。諸説紛々の贈答だが、ここでは光源氏と夕顔との間に手紙が交わされないことを指摘するにとどめたい（第一章参照）。夕顔巻で手紙といえば、光源氏の命で偵察していた惟光が、夕顔の宿で女が「文書く」姿を垣間見する（夕顔巻・①一四三頁）程度である。頭中将宛の手紙とは考えにくく、娘のもとの女房宛であろうか。

続く若紫巻では、藤壺との密通とその懐妊という事件が語られるのだが、この巻では、光源氏と、紫の上やその周辺との間で交わされた手紙だけが叙述されるのが特徴的である。光源氏は帰京後、少女を所望し、僧都宛と尼君宛と少女宛の三通の手紙を贈る（若紫巻・①二二八—二三〇頁）。そのうち僧都宛の手紙の文面は描写されず、尼君宛の手紙は散文だけで和歌がない。そして尼君宛の手紙の中に、小さく引き結んだ、ほとんど和歌のみの少女宛の手紙がある。一方、返事は尼君と僧都から寄越される。尼君の返事は、光源氏の尼君宛の手紙と紫の上宛の手紙とを合わせた位の分量である。僧都からの文面は紹介されない。男同士の漢文の手紙は女の踏み込む世界ではないということであろうか。ともあれ複数の手紙が同時に複数の相手に発せられる事例として、注目しておきたい。

ここで紫の上が自ら返歌をしないことについて、尼君は、「まだ難波津をだにはかばかしうつづけはべらざめれば」（若紫巻・①二二九頁）と言い訳するが、貴族の女性が求愛された折の最初の贈歌には、身内や身近に仕える女房が代作するのが常だから、これは方便とも取れる。初期の紫の上がとかく幼なげに描かれるのは、紫の上を幼く設定することでその格式高さを保証しようとする物語の方法とも考えられよう（第一章・第二章参照）。若紫巻では、度重ねて手紙を贈る光源氏に対して紫の上自身は容易に返歌をせず（若紫巻・①二三〇頁、二三八—九頁）、紫の上が自分で和歌を作るのは、光源氏から数度にわたって贈歌を受けた後の、手習に対してである（若紫巻・①二五八—九頁）。

紫の上の件と同時並行で進行する末摘花の場合も、同様の事情が考えられる。そもそも末摘花巻冒頭では、光源氏が「一行をもほのめかしたまふめるに、なびききこえずもて離れたるはをさをさあるまじき」（末摘花巻・①二六五頁）とあって、容易に光源氏に靡かないような女こそが求められているのである。光源氏と頭中将は末摘花に競って手紙を贈り（末摘花巻・①二七五―六頁）、他方には返歌しているのでは、という妄想から恋が募る。末摘花から返歌がないことが、少なくとも当初は美徳に見えたからこそ恋の物語として成り立つ。末摘花の和歌の著しい未熟さは、初期の紫の上同様、その格調を維持し、かつ笑いを引き起こすための装置なのだといえる（第一章参照）。

そもそも平安朝における恋とは、あくまで目前にない者への思慕であった(13)。手紙は空間を越えて人と人とを繋ぐものだから、手紙の相手が誰であるかによってその時点での作中人物の心のベクトルの一端が見えることになる。物語はいかにも光源氏が常に藤壺を思慕し続けている風に語り続けるが、実は藤壺宛の手紙が具体的に描かれるのは紅葉賀巻に到ってである。それ以前は「御文なども、例の、御覧じ入れぬよしのみあれば」（若紫巻・①二三二頁）と、光源氏が手紙を贈っても藤壺が読まないから叙述されない。

紅葉賀の試楽の後、光源氏の藤壺宛の贈歌が描かれる。試楽の優れた姿に感動した藤壺から珍しく返事を手にした光源氏は、藤壺の返歌を「持経のやうにひきひろげて」（紅葉賀巻・①三一三―四頁）味わう。さらに光源氏は不義の子の参内につけても、常夏に託して藤壺に和歌を贈る。すると「例のことなれば、しるしあらじかし」と諦めていた光源氏のもとに、藤壺の返歌がもたらされる（紅葉賀巻・①三三〇頁）。こうした藤壺宛の手紙が物語に描写されるようになるところに、不義の子の誕生と相関して光源氏との交流を図ろうとする藤壺を語る物語の姿勢が見えよう。

一方、花宴巻で、刹那的な関係を結ぶ朧月夜との手紙は、物語には浮上しない。思えば夕顔と光源氏との関係においても手紙は描出されなかった。距離を隔てた恋ではなく、より直接的な交渉による関係として、夕顔・朧月夜とを一連の系譜の内に捉えることもできようか。

このように初期の光源氏の物語における手紙は、光源氏と女君ないしはその周辺との間で一対一対応的に交わされる[14]。帚木巻では空蟬と、空蟬巻では空蟬・軒端荻と、若紫巻は紫の上と、末摘花巻は末摘花と、紅葉賀巻は藤壺と、という具合に手紙の対象は巻ごとに限定され、統一感がある。そして、それぞれの女たちとの関係の質が手紙のやりとりの呼吸によって描き分けられ、各々が相対化されているのである。

二　葵巻から朝顔巻までの手紙

葵・賢木・須磨巻あたりに到ると、これまで同様に光源氏と女君たちの間の手紙が問題になるにせよ、複数の女君との同時並行的な交渉が語られるようになる。

葵巻でのおもな問題は次のように整理できる。

（a）すでに破綻しかけた光源氏と六条御息所との手紙

（b）葵の上死後の光源氏と女君たちとの手紙

（c）その他（大宮との贈答、紫の上への後朝の文）

（a）光源氏は車争いののち、物思いに悩む六条御息所を訪問する。しかし、翌日の手紙は「暮つ方」に散文で訪問できないと詫びを言うだけだった。これに対して御息所は和歌を詠みかけ、従って、再度光源氏から返歌が届けられた（葵巻・②三四―五頁）。光源氏の訪問がないと知った御息所が、関係を確認すべく和歌を贈り、光源氏の返歌を否応なく求めたものであろう。あたかも『蜻蛉日記』の道綱母の、兼家への積極的な贈歌を思わせる。(15) ただし、光源氏の最初の手紙には実は和歌が含まれていたが、物語に叙述されなかったのだ、という解釈も可能ではある。しかし、御息所からの贈歌に夜深くなってから光源氏が返歌を贈るところからすれば、そもそも光源氏の手紙には和歌はなかったと考えられよう。その後、光源氏は御息所には手紙を贈るばかりで（葵巻・②三七、四二頁）、足は遠のく。

（b）葵の上死去ののち、光源氏は六条御息所（葵巻・②五一―二頁）や朝顔の姫君（葵巻・②五七―八頁）らと手紙を交わす。ただし、御息所の場合は女からの働きかけであり、朝顔の姫君の場合は光源氏からの働きかけである点で、対照的である。なお、葵の上との居所に残した光源氏の手習を死者との交信と読めば、幻巻（④五四六―八頁）の先蹤ともいえる（葵巻・②六四―五頁）。（c）の、光源氏と大宮とが交わす贈答や消息（葵巻・②五六―七、六一―二、七八―九頁）は左大臣一家の思いの集約ともいえようし、新枕の後の光源氏の紫の上への後朝の文（葵巻・②七〇―一頁）は、一般に新枕後の女君は自ら和歌を詠むものではないという観点から理解できる（第二章参照）。

賢木巻でも、光源氏の複数の女たちとの同時的な交渉は継続する。伊勢下向を決めた御息所に宛てた光源氏の度重なる手紙は、かえって御息所を苦しめるばかりで実りなく（賢木巻・②八三―四、九〇頁）、例によってあやにくな「癖」を抱える光源氏は、御息所よりは娘の斎宮（賢木巻・②九二頁）、尚侍になった朧月夜（賢木巻・②一〇一頁）、斎院となった朝顔（賢木巻・②一〇四頁）らに心を移していく。光源氏の複数の女たちとの手紙でのやりとりはこれまで以上に顕著に並列化され、その時点での光源氏と女たちの関係の質を相互に照らし出していく。

その具体的な一例として、桐壺院の死後、藤壺に求愛して拒まれた光源氏が、出家さながらに籠もった雲林院から（a）紫の上と（b）朝顔の斎院に贈った手紙、および、帰邸後（c）藤壺に贈った手紙を見ておきたい（第五章参照）。

（a）すでに夫婦関係にある紫の上には、物思いやまない日常を「陸奥国紙」に綴る（賢木巻・②一一七―八頁）。これは広く日常に用いられる厚手の白い紙で、恋文としては無粋である。光源氏の手紙は、いささか饒舌に散文と和歌を書く。末尾に「などこまやかなるに」とあり、物語に叙述された以上に綿々と言葉が連ねられた可能性もある。一方、紫の上は、光源氏の手紙の白い色に合わせて「白き色紙」に書く。この紫の上の手紙には和歌しかない。光源氏及び読者は、その筆跡に紫の上の成長を確認させられる。

続く、（b）光源氏の朝顔の斎院への手紙（賢木巻・②一一九―一二〇頁）は、まずは「中将の君に」と朝顔の斎院の女房宛の散文の手紙が叙述され、続いて「御前には」と朝顔の斎院宛の和歌が叙述される。表向きは女房宛、その実、斎院宛なのであり、この物語にしばしば登場する手紙のやりとりの形である。ここでは「唐の浅緑」の紙、舶来の薄緑色の紙が用いられ、木綿を付けた榊の枝とともに贈られた。これに対する返事としては、中将の君の散文と、朝顔の斎院の和歌が贈られる。斎院の手紙は、光源氏が贈った木綿の片端を切り取って書かれており、光源氏の贈り物を突き返すことで求愛を拒否したとも解せる。(16) このように、紫の上宛と朝顔の斎院宛とは、手紙の紙質の違いや女君の態度から、比較対照できる仕組みなのである。

さらに帰邸後、（c）光源氏は雲林院の土産の美しい紅葉を藤壺に贈る（賢木巻・②一二二―三頁）。これも表向きは密通の秘密を知る女房の王命婦宛に贈られる点では、（a）の朝顔の斎院の場合と同様だが、異質なのは、ここで藤壺宛の和歌が描かれないことである。しかし、無かったわけではない。素晴らしい紅葉の枝に感嘆した藤壺は、「例のいささかなるものありけり」と、例によって結び付けられた手紙を発見して顔色を変え、和歌を読まずに紅葉の枝の入った瓶を遠ざけるから、その文面は読者に対しても開かれることはないのである。なお、ここでの命婦宛の手紙と藤壺宛の叙述されない手紙とを、それぞれ政治向きの事と個人的な慕情と理解して、藤壺はその政治向きの用件のみを受け入れた、との解釈もある[17]。

（a）（b）（c）の三つの手紙は、近接しているだけに、光源氏と女君とのこの時点での関係が鮮明に描き分けられているといえよう。このほか賢木巻では、朧月夜との密会も、広義の手紙といえる畳紙の「手習」（賢木巻・②一四五―七頁）によって発覚し、朝顔の斎院への「聞こえ犯し」（賢木巻・②一四七頁）が光源氏の須磨行きの引き金になるなど、手紙が物語の大きな展開に巧妙に利用されている。

須磨巻では、光源氏は須磨の地から都の人々と手紙を通して交流する。光源氏と複数の女たちが相前後して手紙を交わす点は葵・賢木巻の情況の継続ともいえるが、新しい点は、須磨と都との地理的な距離があるために、複数の人物宛の手紙が続けて叙述され、一対一の贈答毎に独立していない点である。進行に従って整理すれば、

（a）須磨の光源氏から藤壺・朧月夜への手紙の列挙（須磨巻・②一八八―九頁）
（b）藤壺・朧月夜・紫の上の返事の列挙（須磨巻・②一九一―三頁）
（c）六条御息所と光源氏との贈答（須磨巻・②一九三―六頁）
（d）花散里からの和歌（須磨巻・②一九六頁）

といった具合になろうか（第五章参照）。

まず、（a）光源氏は紫の上・藤壺・朧月夜・左大臣邸に手紙を書いたとされるが、物語は紫の上宛の手紙を描出しない。具体的な文面は語るに語れない、ということであろうか。藤壺宛と朧月夜宛とについては、和歌を含んだ短い文面を叙述する。朧月夜宛のものは、女房の中納言の君宛の中にある。左大臣邸宛の文面は叙述されない。

一方、（b）都の人々の反応は、まず紫の上の苦悩が面々と叙述された後、藤壺・朧月夜の返歌を含んだ短い文面が叙述される。朧月夜のものは中納言の君の手紙の中にある。さらに「心ことにこまかなりし御返りなれば」（須磨巻・②一九二頁）と、描かれざる紫の上宛の光源氏の情愛深い手紙の様子を想像させ、紫の上の返歌が叙述される。左大臣邸からの返事は叙述されない。

これに続いて、（c）光源氏から六条御息所に使いが遣わされたとあるが、その文面は叙述されず、御息所から遣わされた二首の和歌が叙述される。都の人々との手紙と別に描かれるのは、御息所と光源氏との複雑な関係ゆえともいえるが、伊勢が地理的に離れているため、御息所のためには使いが別に遣わされた可能性もある。光源氏は、御息所からの使いの者にまで親しみを覚えて二、三日逗留させたとあり、光源氏の返歌も御息所の贈歌に応じて二首ある。この場合、先の葵巻の例（②三四―五頁）とは異なり、光源氏がわざわざ御息所に使いを遣わす際に和歌を持たせなかったとは考えられず、物語は意図的に光源氏の贈歌を叙述せず、御息所から光源氏へ、という贈答の形を取って叙述したと考えられる。

次に、（d）花散里姉妹からの和歌が叙述されるが（第二章参照）、光源氏の返歌は叙述されない。これも実は光源氏の贈歌に対する返歌だったが、花散里姉妹の和歌だけが切り出されて叙述された可能性もある。物語が作中の事態を適宜取捨選択して叙述していることは明瞭で、その偏向を想定しながら読むことが肝要であろう（第五章参照）。

さらに光源氏は、須磨の地で供の男達と和歌を唱和するのみならず、都の人々と「文」すなわち漢詩を交わして世の中にめでられ、弘徽殿大后の勘気に触れた（須磨巻・②二〇六頁）。漢詩による人心掌握の脅威、しかも遠方の地からの手紙によってもたらされることへの畏れといえよう。

さて、須磨の地で暴風雨にあった光源氏は、心配して無理に使いを遣わす紫の上と手紙を交わしつつも（明石巻・②二三四―五、二三五―六頁）、明石に下り、明石の入道の娘と出会った。明石巻における手紙は、（a）光源氏と紫の上、（b）光源氏と明石の君、との間のものに、ほぼ尽きている。

（b）明石の君との最初のやりとりの場面（明石巻・②二四八―二五〇頁）では、光源氏はやや気張って「高麗の胡桃色」と舶来の紙を用いる。ところが明石の君はなかなか返歌せず、説得に困った父の入道が代わりに返事を「陸奥国紙」に書く。若紫巻で紫の上宛の光源氏の手紙に尼君が返歌をしたのと同様だが、明石の君の身分からすれば、光源氏には分不相応な思わせぶりに見えたに相違ない。光源氏は翌日、再び「宣旨書き」を恨んで「いといたうなよびたる薄様」に、いかにも恋文らしい手紙を出し、さすがに今度は明石の君本人が、紙質は不明だが「浅からずしめたる紫の紙」に返歌した。手紙の紙質などへの詳細な言及から、このあたりのやりとりの呼吸が伝わる仕組みである。

その後、光源氏は紫の上への憚りから明石の君には途絶えがちで、（a）むしろ紫の上との間に頻繁に交わされる手紙が強調して語られる（明石巻・②二五九―二六一頁）。光源氏と紫の上が互いに相手を思いつつそれぞれに絵日記めいたものを記すとされる。それは絵合の伏線であるだけでなく、相手に贈らず手元に留める手紙、しかも「空に通ふ御心」（明石巻・②二六一頁）

によって互いに近似する手紙を同時に書く点では、物語が光源氏と紫の上との関係にのみ許した新しい交信の形ともいえよう。手紙ではないが、第二部女三の宮との結婚三日目の光源氏と紫の上の感応（若菜上巻・④六七―七〇頁）の場面に通ずる趣がある。

このように、光源氏が明石の地にある間は、むしろ都に残した紫の上との手紙による交信の緊密さが強調されたが、光源氏の帰京後は、当然ながら物理的に隔たりのある明石の君との手紙が表面化してくる（明石巻・②二七五頁、澪標巻・②二八九―二九〇、二九四―六、三〇六―七頁）。紫の上は、光源氏と明石の君との手紙による結びつきを見ながら、強烈に明石の君を意識するようになる。紫の上自身の光源氏との関係も、「をりをりの御文の通ひなど思し出づるには、よろづのことすさびにこそあれ」（澪標巻・②二九一―二頁）と、かつての手紙による交流によって、互いの情愛を確かめ合ったがゆえの嫉妬といえよう。

さて澪標巻巻末では、光源氏は六条御息所の死後、娘の前斎宮と手紙を交わした（澪標巻・②三一五―六頁）。二人はすでに賢木巻伊勢下向の折に贈答を交わしてはいるものの、女別当の代筆であったとおぼしい（賢木巻・②九一―二頁）。澪標巻では、前斎宮は代筆では許されぬものと、自筆で返歌する（第二章参照）。

ところで絵合巻では、第一部前半の物語中ではきわめて異例に、光源氏以外の男女の手紙が叙述される。朱雀院からの前斎宮宛の手紙であり（絵合巻・②三六九―三七二頁）、朱雀院は絵合に際しても秘蔵の絵巻を斎宮の女御に贈っている（絵合巻・②三八四頁）。こうした朱雀院と斎宮の女御との手紙による交流は、光源氏の物語の調和をかき乱す異分子の如く働いている。とはいえ、ここでは光源氏に促された前斎宮が返歌をする点で、のちの玉鬘物語の先蹤に過ぎず、光源氏による統御を免れない。ただし、光源氏は前斎宮の返歌を「いとゆかしう思せど」（絵合巻・②三七二頁）、見ることはできない。

松風巻では、大堰の地に移った明石の君を光源氏はしばしば訪問し、明石の姫君引き取りを願う。頻繁な光源氏と明石の君の間の消息（松風巻・②三九七、四二二―三頁、薄雲巻・②四三〇―一、四三七頁）は、それを紫の上に見せることで容認され（松風巻・②四二二―四頁）、やがて継娘を引き取った紫の上は理想的な養母を演じ、光源氏の新たな権力基盤が用意された。一方、藤壺死後の光源氏の朝顔の前斎院への執着は、紫の上に深刻な危機感をもたらした。朝顔の斎院の身分の高さゆえのみならず、「役とは御文を書き」（朝顔巻・②四七九頁）とある光源氏の朝顔の斎院への頻繁な手紙、とりわけ明石の君宛のものとは違って紫の上には秘されたはずの手紙は、紫の上の不安をつのらせたことだろう。

以上を総括すれば、花宴巻までは、光源氏と女君やその周辺との間で一対一対応的に手紙が交わされたのに対し、葵巻以降は、同時並行的に起こる複数の女君たちとの手紙による交渉が相対的に位置付けられている。葵巻では、光源氏の六条御息所への気の重い関係と朝顔の斎院への憧憬、紫の上へのくつろいだ信頼などが描き分けられている。かつ、葵巻における光源氏の服喪、賢木巻における光源氏の雲林院籠り、光源氏の須磨・明石行きなど、宗教的な、あるいは空間的な距離の隔てを越えるべく、手紙がやむなく要請され、手紙によって人間関係の紐帯が確認される。隔てを越えた交流であるがゆえに、手紙はかけがえがない。だからこそ、須磨巻で弘徽殿大后の怒りを招き、明石巻で光源氏と紫の上との結びつきが確かめられる。従って、帰京後の光源氏の明石の君への処遇の破格さ、朝顔の前斎院への恋慕の紫の上にもたらす危機感などもまた、類推できるのである。また、光源氏と女君との関係を中心に語る物語の中で、朱雀院と斎宮の女御との交流は、異彩を放つものとして注目できる。

このような手紙の描出は、多くの作中の事態と同様、その時々に応じて取捨選択されたものであった。当人宛か周囲の女房宛か、直筆か代筆か、男からか女からか、具体的に叙述された手紙が全文か一部分か、などが、その都度の物語の要請に従って選び取られ、叙述されているのである。

三　少女巻から藤裏葉巻における手紙

第一部後半、少女巻から玉鬘十帖へと続く物語では、従来の光源氏を核とした手紙のやりとりが中心であったのに比すると、他の作中人物同士の手紙が多く描出されるようになる。それらを通して、それぞれの作中人物の人柄が相対的に炙り出される趣向なのである。

少女巻では、冒頭で光源氏と朝顔の前斎院のその後にわずかに触れられるものの（少女巻・③一七—八頁）、すでに、他の作中人物同士の手紙が大半を占めるようになる。夕霧は、雲居雁との交信が難しくなり（少女巻・③四八—五〇、六六、七六頁）、惟光女の五節にも懸想の文を贈り（少女巻・③六五—六頁）、光源氏のかつての五節との関係も照らし出されてくる（少女巻・③六三頁）。幼い夕霧と雲居雁の手紙は「落ち散るをりある」とされ（少女巻・③三三頁）、光源氏・空蟬の手紙や、柏木・女三の宮の手紙を連想させる。また春秋の優劣を競う秋好中宮と紫の上の交渉（少女巻・③八二—三頁、胡蝶巻・③一七二—三頁）など、女君同士が直接関わることも新しい事態である。

続く玉鬘十帖では、総じて手紙は人物の相対的評価の側面を強くする。玉鬘巻、玉鬘に筑紫国で求愛した大夫監の手紙は、「唐の色紙」に訛った言葉で書かれていた（玉鬘巻・③九五頁）。後続の玉鬘の求婚者たちと比較できよう。光源氏は玉鬘の消息を耳にすると、期待はずれだった末摘花を思い起こし、迎え取る前に人物を確かめようと玉鬘に消息を贈る（玉鬘巻・③一二三—五頁）。玉鬘は、明石の君（明石巻・②二四八—二五〇頁）とは違い、周囲に促されて自ら返歌するしかない。玉鬘は「唐の紙のいとかうばしき」（玉鬘巻・③一二四頁）に頼りないものの品のある筆跡で返歌する。一方、玉鬘巻巻末では、光源氏に新春の装束を贈られた末摘花が返事を寄越すが、年代物のやや黄ばんだ「陸奥国紙」に古風な和歌が記され、無粋と笑われる（玉鬘巻・③一三七―一四〇頁）。玉鬘と末摘花の紙の選択、和歌、筆跡などの比較によって、玉鬘の優れた資質が確かめられる体なのである。

初音巻では、明石の君の贈歌に対して、光源氏に勧められて明石の姫君が返歌をし（初音巻・③一四五―六頁）。また、明石の君の物思いに満ちた手習は、光源氏が見ることで一種の手紙と化した(18)。ただし、「筆さし濡らして、書きすさみたまふ」と光源氏は返歌を書いたはずだが、物語はそれを描出しない（初音巻・③一四九―一五〇頁）。

とはいえ、玉鬘十帖においてより特筆すべきは、何よりやはり玉鬘をめぐる求婚者たちの手紙であろう。

胡蝶巻では、玉鬘のもとに兵部卿宮・鬚黒大将・柏木らの手紙が寄せられ、光源氏によって検分され、批評され、管理される（胡蝶巻・③一七五―一八〇頁）。その中で柏木の手紙だけは文面まで描出された。玉鬘と柏木が異母兄弟であることと関わっての重視とはいえ、後に光源氏が女三の宮宛の手紙から密通相手を柏木と見抜くのは、ここで柏木の筆跡を知ったからだとする説もある。光源氏は右近に、蛍宮や鬚黒大将に対しては、場合によっては返歌もよいと許容するが、右近は光源氏の許可なしには返事はしないと弁明する（胡蝶巻・③一七八―九頁）。のちの鬚黒との結婚を可能とする布石であろう。また、光源氏自身も玉鬘に思慕を寄せ、その慕情を告白した翌朝、手紙を贈った。光源氏の贈歌に対して玉鬘は、「陸奥国紙に」散文のみで返事をするとつれない（胡蝶巻・③一九〇―一頁）。

続く蛍巻では、光源氏は蛍宮に対しては、宰相の君に代作の返歌をさせ、特別の対応である（蛍巻・③一九七頁）。蛍の光で玉鬘をほの見た蛍宮が玉鬘に贈った手紙に、玉鬘が光源氏に勧められて返歌をする（蛍巻・③二〇四頁）のは、すでにされた代作の返歌を前提として次の段階に進んだものといえる。なお、ここでは「そそのかしおきて出でたまひぬ」（蛍巻・③二〇四頁）とあるから、光源氏は玉鬘の返歌を見ていない。

一方、玉鬘と比較すべく、末摘花や近江の君が描出される。内大臣が光源氏の玉鬘に対抗して引き取った落胤の近江の君は、無教養のあまりに笑い者になる。常夏巻では、近江の君は異母姉妹の弘徽殿女御宛に手紙を書くが、その筆跡が散々に貶され、歌枕や引歌でむやみに凝った文章も笑いの種となる（常夏巻・③二四八―二五一頁）。にもかかわらず近江の君は、女御の女房の代筆の手紙に、「待つ（松）」とあるからと素直に感激する。

このように玉鬘十帖では、玉鬘への求婚者たちが比較対照されると同時に、玉鬘自身も、雲居雁・末摘花（行幸巻・③三一四―五頁）・近江の君らと比較対照されて、光源氏の娘でもない田舎育ちの玉鬘が、六条院で華やぐにふさわしい資質の持ち主であることが確かめられていくのである。

のみならず問題なのは、男たちから手紙を寄せられた玉鬘の反応を通して、相手の男たちが相対的に位置付けられていく点であろう。光源氏はその管理者であり演出家であるのだが、光源氏自身もそこでの相対化をまぬかれない。その意味では、玉鬘と男たちの手紙の累積である玉鬘十帖は、女を主人公とする物語、玉鬘はかぐや姫の後裔なのである。しかし、この物語が純然たる女主人公の物語と呼べないのは、玉鬘が光源氏の指示に従って振舞うからであり、玉鬘が光源氏とほとんど手紙を交わさない、あるいは描出されないのは、両者が物理的に精神的に近くにいるからである。すなわち、玉鬘に宛てて寄越される手紙は、結果的には光源氏の六条院に宛てた手紙として管理されることになる。

もっとも玉鬘は次第に光源氏の教育のもと、男からの手紙への応じ方を体得していく。行幸巻では、光源氏は玉鬘に手紙で入内を勧める（行幸巻・③二九三―五頁）。一方、玉鬘をめぐっては次第に内大臣家との交流が表面化し、光源氏の内大臣への玉鬘腰結の依頼の手紙（行幸巻・③二九六頁）と内大臣の拒否、玉鬘の裳着に際しての大宮の祝いの手紙（行幸巻・③三一二頁）などが描出されるようになる。

さらに玉鬘の素性が明らかとなった藤袴巻では、入内を目前として鬚黒大将や蛍兵部卿宮ほかの求婚者たちからの手紙（藤袴巻・③三四四―五頁）が描出される。玉鬘は蛍宮のみに返歌するが、このあたりになると夕霧や柏木に対する応答を見ても、玉鬘が次第に光源氏から自立し、自ら判断し振る舞うようになる。

玉鬘の自立は、情況一変して玉鬘と鬚黒との関係が成立した真木柱巻に到ると、より鮮明になる。鬚黒から玉鬘に宛てて、北の方の狂乱ゆえに心ならずも夜離れをする詫びの手紙が遣されるが、これに玉鬘は返歌をせず、鬚黒は激しく動揺する（真木柱巻・③三六六―七頁）。その中で、鬚黒の北の方腹の娘は、手紙を柱に残して家を去ってしまう（真木柱巻・③三七三頁）。鬚黒は宮中に出仕した玉鬘の退出を懇望するが、玉鬘からの返事は得られない（真木柱巻・③三八三―四頁）。こうした隙に、蛍宮が鬚黒を装って玉鬘に贈歌をする（真木柱巻・③三八四―五頁）あたりは、のちの匂宮の物語を思わせる。

こうして玉鬘を巡る男たちの入り乱れた焦燥感が手紙を通して描出されるのだが、やがて玉鬘が宮中からそのまま鬚黒のもとに退出させられると、光源氏と玉鬘の間に生じた物理的距離によって、手紙による交流が可能となる。鬚黒とともにある玉鬘に光源氏から手紙が届く（真木柱巻・③三九一―二頁）と、かえって玉鬘の中に光源氏への慕情が自覚されてくる。玉鬘の返歌を「ひきひろげて」見る光源氏の様子は、かつて藤壺からの手紙を「持経のやうにひきひろげて」（紅葉賀巻・①三二三―四頁）見た若き日の光源氏自身を彷彿とさせるが、何よりも鬚黒に引き取られた玉鬘が、改めて光源氏に懐かしさを覚えることで、玉鬘をめぐる求婚物語の体裁をとりながら、その実、光源氏と玉鬘の物語であったことが顕著になるのである。[19]やがて、玉鬘に慕情を訴える冷泉帝が、忍び忍びに手紙を寄越すものの玉鬘は心開かず（真木柱巻・③三九三頁）、再度の光源氏からの手紙には玉鬘に代わって鬚黒が返歌をし（真木柱巻・③三九四―六頁）、長い光源氏と玉鬘、玉鬘をめぐる求婚の物語は終焉を迎えることになる（第二章参照）。

さて、梅枝巻では明石の姫君の入内を目前にした動きが顕著となり、光源氏によって当代の女性の仮名批評がなされ（梅枝巻・③四一五―六頁）、明石の姫君のための手本依頼の手紙が、光源氏から諸方面に出された（梅枝巻・③四一七頁）。一方、夕霧と雲居雁の関係においても、野分の見舞いの途上、夕霧は、明石の姫君のもとで紙を借りて、雲居雁宛の手紙を書く（野分巻・③二八二―四頁、梅枝巻・③四二六頁）など水面下で持続し、その膠着した関係は梅枝巻巻末で夕霧の結婚話に触発された内大臣が折れることで進展、ついに藤裏葉巻で婚儀が許される運びとなる。

内大臣の藤の宴への夕霧招待（藤裏葉巻・③四三四―五頁）、夕霧の雲居雁への後朝の文（藤裏葉巻・③四四二―三頁）など、両者の関係はその都度手紙を通して確認される。亡き大宮の三条宮に居を移した夕霧・雲居雁のもとに太政大臣（内大臣）が訪れ、二人の交わした手習を眼にして感涙に咽ぶ様子（藤裏葉巻・③四五七頁）は、かつて右大臣が光源氏と朧月夜の密会に立腹した場面（賢木巻・②一四五―七頁）を逆転させた変奏ともいえよう。

以上、少女巻以降、藤裏葉巻までの物語における手紙について総括するならば、光源氏以外の作中人物同士で交わされる手紙が顕著に多くなる。大きく言えば、夕霧と雲居雁の関係の物語と、玉鬘をめぐる求婚譚の二つに関わるものであるが、これらはいずれも光源氏と内大臣家の抗争の一齣として結びとめられ、光源氏の物語の大枠のうちに収斂される。ここでは、内大臣家との複雑な交渉の一端や、手紙の書き手や受け手の人柄や器量が、手紙を通して照射される。と同時に、末摘花や玉鬘の手紙を紫の上が見て（玉鬘巻・③一三七―九頁、行幸巻・③二九三―五頁）、末摘花の手紙を玉鬘が見て（行幸巻・③三一四―六頁）、玉鬘への求婚者たちの手紙を光源氏が見る、と言った具合に、手紙が第三者の眼によって繰り返し検分され、それによって作中の人物間の相対的な力学が表し出される仕組みとなっている。

四　第二部における手紙

さて第二部に到ると、手紙は柏木の密通露見など、格段に劇的な場面を作り始める。これまでのように、光源氏を核とした人間関係の照射、手紙を通した人物の相対的評価、といった手法を越えて、手紙が物語の展開の大きな原動力として働くのである。

若菜上巻では、秋好中宮は朱雀院と女三の宮の裳着に際して贈答を交わし（若菜上巻・④四三一四頁）、賢木・絵合巻以来の両者の交流が語られる。一方、女三の宮と婚儀を終えた光源氏は、新婚四日目には宮に無沙汰を詫びる文を贈り、乳母の言葉のみの返答（若菜上巻・④七〇頁）を受ける。乳母の不満の証であろう。続く、五日目には光源氏の「白き紙」にしたためて梅に付けた文に対して、乳母の差し金か、「紅の薄様」の華やかな紙に包まれた文がもたらされる。うろたえて紫の上を憚りながらも開く光源氏が、「ひき隠したまはむも心おきたまふべければ、かたそば広げたまへる」と女三の宮の手紙を紫の上に隠すでもなく見せるでもなく振舞い、紫の上も「後目に見おこせて」とその幼い様子に安堵するあたり（若菜上巻・④七〇—二頁）は、かつて明石の君の手紙を「これ破り隠したまへ」と光源氏が差し出し、紫の上が「文は広ごりながらあれど、女君見たまはぬやうなるを」と無関心を装った場面（松風巻・②四二二—三頁）と比べられる。事態を見越した朱雀院から、光源氏のみならず紫の上宛に消息が遣わされる。ここでも光源氏宛の消息は文面が明かされず、紫の上宛のものだけが描出される。それに対する紫の上の優れた手紙は、朱雀院の不安をより募らせた（若菜上巻・④七五—六頁）。とはいえ朱雀院のわざわざの消息は紫の上の心を呪縛し、紫の上と女三の宮の文通を促す（若菜上巻・④九一—二頁）。紫の上が孤独につづった手習に光源氏が返歌をする場面（若菜上巻・④八九—九〇頁）は、すでに初音巻で明石の君との間に試された類型とはいえ、光源氏の返歌はあったと思われるものの叙述されなかったから（初音巻・③一四九—一五〇頁）、若菜上巻で紫の上の手習に対する光源氏の返歌が叙述され、一対の贈答歌となっている点は意味深い。

このように若菜上巻における手紙は、まずは女三の宮をめぐって、朱雀院と秋好中宮、光源氏と女三の宮、朱雀院と光源氏、朱雀院と紫の上、紫の上と女三の宮、紫の上と光源氏、といった多様な組み合わせで人々が手紙を交わし合い、網の目のような人間関係の中にそれぞれが生きる姿が見て取れる。ここでは、もはや手紙は単純な人物批評や素朴な共感といった次元を超えて、より複雑な人間関係を描出していく。

一方、明石の女御の男皇子出産に、明石の入道は明石の君に長い文を贈り、入道の栄華への祈念が夢の予言に支えられたものだったと、初めて明かされる（若菜上巻・④一一二—六頁）。過去の披瀝といえば、桐壺巻、桐壺更衣の入内の経緯という過去も、その死後、更衣母と靫負命婦の会話によって明かされ（桐壺巻・①二七—三三頁）、夕顔巻、夕顔の素性も夕顔死後に右近によって光源氏に明かされた（夕顔巻・①一八三—九頁）。ただし桐壺巻や夕顔巻の場合、過去回想はもっぱら会話によってなされたから、その回想はその場の事にとどまり、その意味で読者に過去を披瀝する手法として選び取られていよう。しかしここでは、手紙による語られざる過去回想であり、それは明石の入道の物理的距離ゆえに選ばれた方法ではあるが、手紙が時間を越えた伝達を可能とする、という意味で、新しい境地といえる。明石の入道の文はやがて明石の女御に託された（若菜上巻・④一二二—四頁）。明石の入道の手紙は、明石と京という空間を越え、かつ、女御の手元で時間を越えて生きていくことになろう。明石の女御の男皇子出産と同時に、入道の最後の手紙によって明石の一族の緊密な結びつきが確かめられる趣向なのである。光源氏は明石の君のもとで入道の文を見て感無量となる（若菜上巻・④一二五―九頁）ものの、当初光源氏が、入道の文箱を「懸想人の長歌」（若菜上巻・④一二五頁）の箱かと戯れるところには、柏木物語の伏線も読み取れる。

蹴鞠の日の垣間見の後、女三の宮宛の手紙を柏木が小侍従に託して（若菜上巻・④一四八―一五〇頁）若菜上巻が終わると、若菜下巻では、手紙は、さらに物語の劇的な場面を作り出す。女楽ののち発病して二条院に移った紫の上に光源氏が付き添う中で、柏木の密通事件が起こる。その後女三の宮の体調不良を耳にした光源氏は六条院を訪れるものの、二条院の紫の上のもとへひっきりなしに手紙を書き、女三の宮の女房たちの顰蹙を買う（若菜下巻・④二四七頁）。その光源氏の六条院滞在の折も折、柏木からの女三の宮宛の手紙をわずかな隙を縫って小侍従が渡すと、女三の宮はうまく隠し切れず褥の下に挟み置き（若菜下巻・④二四七―八頁）、光源氏は宮の褥の下に突っ込んである「浅緑の薄様なる文」を発見してしまう（若菜下巻・④二五〇―三頁）。かつて玉鬘宛の恋文を見たからか（胡蝶巻・③一七七頁）、手紙の主を柏木だと見抜いた光源氏は、手紙の隠し方に女三の宮の思慮のなさを感じ、「落ち散る」（若菜下巻・④二五三頁）可能性を想定して書き紛らわす配慮のない柏木をも見下す。しかし、光源氏も昔、藤壺宛の手紙を紅葉に結び付けていたのだから（賢木巻・②一二二頁）、光源氏自身による若き日の記憶など、美化されているに過ぎないことが、相対的に浮き彫りにされるのである。

女三の宮の体調不良に今上帝からも見舞いの手紙があり（若菜下巻・④二五六頁）、朱雀院からの手紙にも女三の宮は、光源氏に教えられてようやく返事を書く有様である（若菜下巻・④二六七―二七一頁）。一方、柏木は常にあった光源氏の消息が途絶えたことを気に病み（若菜下巻・④二七二頁）、従ってたまさかの光源氏からの招待の消息を拒めず（若菜下巻・④二七四頁）に出掛け、その眼光に恐懼して病の床につく。

柏木巻では、病床の柏木は女三の宮宛の文を小侍従に託し（柏木巻・④二九一―二頁）、小侍従に責められて「しぶしぶに」（柏木巻・④二九二頁）書いた女三の宮の手紙に柏木は感涙し、返事をしたためる（柏木巻・④二九六―七頁）。まもなく女三の宮は男児を出産、消息もなく下山した朱雀院の手で出家し、柏木は死去する。横笛巻では、朱雀院は女三の宮と手紙を交わし合う（横笛巻・④三四七―八頁）。こうした柏木と女三の宮、朱雀院と女三の宮との間に交わされる手紙は、光源氏の世界の秩序を乱すものだが、だから光源氏の凋落の証だとするのも単純過ぎよう。柏木の手紙は光源氏の眼にさらされ（若菜下巻・④二五〇―三頁）、朱雀院と女三の宮の手紙は光源氏に検分される（若菜下巻・④二六七―二七一頁、横笛巻・④三四七―八頁）。あるいは、光源氏が出家した朧月夜と最後の贈答を交わし（若菜下巻・④二六二―三頁）、出家を願いつつ俗世に留まる自身に忸怩するのは、出家者ながらも娘に手紙を贈る朱雀院とは対照的な、出家への高い理想を希求するあり方ともいえる。(20)

さて、柏木の遺言を受けた夕霧は、一条御息所や落葉の宮と交流を始め、訪問して人伝ての消息を交わす仲となった。夕霧巻、落葉の宮の居所に入った夕霧はそのまま一夜を過ごす。だが、男女の関係を結べなかった翌朝の手紙は通常の後朝の文ではなく、落葉の宮周辺の人々の不審を買う(夕霧巻・④四一三―五頁)。一方、周囲から娘と夕霧との関係を吹き込まれて誤解した一条御息所は、夕霧の手紙に結婚を許可する返歌をするが(夕霧巻・④四二四―六頁)、夕霧はその手紙を雲居雁に奪われて読めず、翌昼、「御座の奥のすこし上がりたる所」(夕霧巻・④四三一頁)、褥の下にようやく見つけた。文面に狼狽した夕霧は手紙を贈るものの(夕霧巻・④四二六―四三四頁)、絶望した御息所は死去する。それにしても、あれ程探しても無かったのだから、後になって雲居雁がわざと見つかるように突っ込んだのではなかろうか。ここで雲居雁が夫に手紙を返したのだとすれば、その場所が、若菜下巻で女三の宮が無思慮に隠した場所と、ほぼ同じだという点に留意したい。この手紙の返事が遅れたために御息所は亡くなるのだから、一面では悲劇的な事件に違いないが、一面では、柏木の密通発覚事件を、夕霧一家のどたばた喜劇の一齣にパロディ化しているともいえるのである。

落葉の宮のもとに朱雀院から手紙が届くのも(夕霧巻・④四三九頁)、柏木事件の変奏である。

同時に、女君の結婚や身の振り方は、その庇護者の判断によって決定付けられるわけで、朱雀院と女三の宮、明石の入道と明石の君、一条御息所と落葉の宮、後の八の宮と大君・中の君、中将の君と浮舟など、親子間の共感と軋みに留意しておきたい。

さて、その後の落葉の宮の反応はそっけなく、夕霧が小野に遣わした手紙には、小少将が返事をし、落葉の宮の手習を破り入れるにとどまった（夕霧巻・④四五四―五頁）。ここでは手習が心ならずも手紙の返事と化していく。落葉の宮と強引に関係を結んだ夕霧のもとを去って雲居雁は実家に戻り、度々の夕霧の消息にも返事はなく（夕霧巻・④四八三頁）、夕霧自ら迎えに出向く。また致仕大臣は一条宮に蔵人少将を使者に送り、落葉の宮も返歌する（夕霧巻・④四八六―七頁）。

このように夕霧の落葉の宮恋慕の物語も、夕霧と落葉の宮との間よりむしろ、夕霧と一条御息所、夕霧と雲居雁、致仕大臣と落葉の宮など多様な人々の間で手紙が交わされ、網の目のような人間関係の中に位置付けられる。なお、雲居雁が夕霧と一条御息所の「文通はし」（夕霧巻・④四四六頁）に猜疑心を抱くところは、手紙による交流への無心な信頼が戯画化されてもいる。第二部では、手紙が人手を介するがゆえに無事に届くとは限らない点や、書かれた時点の意思や感情と、読まれる時点の意思や感情にずれが生じる可能性など、手紙ゆえに生じる多様な問題が鮮明化してくる。

御法巻では、死を目前にした紫の上と人々とが手紙によって交流する。紫の上は、法華経千部の供養の折には明石の君に三の宮を文使いとして手紙を贈り（御法巻・④四九七頁）、また、供養の後には花散里と贈答する（御法巻・④四九九頁）。こうして手紙によって別れを告げる人々と、最期に対面して唱和して別れる光源氏や明石の中宮との関係が、描き分けられる体である。

そして、紫の上没後は、もっぱら光源氏と親しい人々とやりとりが描かれるが、その範型は葵巻における葵の上哀傷の贈答に求められよう。御法巻巻末では、秋好中宮からの弔問の消息に光源氏は返歌する（御法巻・④五一七頁）。幻巻では、兵部卿宮の訪問には御簾のうちに招き入れるべく、消息を交わし（幻巻・④五二一頁）、明石の君との対面後に文を交わすも心慰まず（幻巻・④五三六頁）、花散里から遣わされた装束と和歌にわずかに返歌をし（幻巻・④五三七頁）、扇に書き付けた中将の君の和歌に返歌をする（幻巻・④五四四頁）。やがて出家を決意した光源氏は、「落ちとまりてかたはなるべき人の御文ども」、とりわけ生前の紫の上と交わした手紙を燃やす（幻巻・④五四六―八頁）。『竹取物語』の末尾でかぐや姫が昇天の前に残した死なない薬を、帝はかぐや姫宛の手紙と共に天に最も近い山で焼かせ、この世を去った人との交信を果たそうとしたが、光源氏晩年の物語で亡き紫の上の文を焼く場面に引用されているのは明らかである(21)。時を越えて光源氏の手許にあった手紙は、ここでその生命を絶たれ、手紙の伝播の可能性は絶たれる。

第二部における手紙は、網の目のように複雑で多様な人々の間で交わされる。大きくいえば、女三の宮降嫁をめぐる問題、明石の一族の問題、女三の宮密通に関わる問題、夕霧の落葉の宮恋慕の問題、そして、紫の上死去と光源氏出家に際した人々との別れ、といった内容に集約できる。ここで交わされる手紙は、単なる人物評価や、求愛と拒絶の駆け引きといった単純さとは無縁に、人と人との間の意思の疎通の可能性と不可能性を追究する。柏木の密通露見や、一条御息所の死など、手紙が劇的な場面に関与するのは、第二部の大きな特徴であるが、それは柏木・女三の宮の関係、夕霧・落葉の宮の関係が、光源氏の統御する世界から逸脱するがゆえの綻びであると考えられる。かつ、一般に物語は既出の場面を一つの範型として物語内引用するものなのだが、第二部における手紙の場面についても既出の場面の変奏が随所に見出せる。ただし、どちらかといえば第二部の手紙の場面の物語内引用は、丁寧に注視した読者の側が、既出の印象的な場面を思い出す類いである。しかし物語内引用は、時には作中人物の意識に及ぶ場合があり、これは薫の物語における課題として宇治十帖に引き継がれていく。

五　宇治十帖における手紙

第三部では、これまでにまして物語内引用の事例が多く見受けられるが、のみならず、長い時を越えて、手紙が第三者の手に渡るという画期的な表現方法に辿り着く。もとより、柏木と女三の宮との密通の事態が、薫の前に厳然と現れるという点である。それは、処分され伝播の可能性を絶たれた光源氏をめぐる手紙の陰画として生じてくる。

宇治十帖冒頭、橋姫巻では、冷泉院は阿闍梨から宇治八の宮の消息を伝え聞き、八の宮に使者を送った（橋姫巻・⑤一三〇—一、一三五頁）。京と宇治との間に物理的距離があるだけに、手紙は実に優れた表現効果をもたらす。やがて、仏道に心を寄せる薫と八の宮との交流が始まり（橋姫巻・⑤一三一頁）、八の宮不在の折に宇治を訪ねた薫は大君・中の君姉妹の姿を垣間見し、八の宮に容認されて娘達との手紙のやりとりが始まる（橋姫巻・⑤一五一—一三頁）。

薫の文は、「懸想だちてもあらず、白き色紙の厚肥えたる」（橋姫巻・⑤一五一頁）に書かれたとあり、散文のみが叙述され、「いとすくよかに」（橋姫巻・⑤一五一頁）とある。すでに垣間見の折にも直に贈答し（橋姫巻・⑤一四八頁）、邸内からも手紙の形で贈答していた（橋姫巻・⑤一四九—一五〇頁）から、ここに和歌がなかったのであれば八の宮の眼を憚ったためといえるし、和歌があったものの敢えて叙述されなかった可能性もある。同時に、思いがけず薫は宇治で女君たちに仕える弁の君と出会い、女三の宮と柏木の手紙を手にした（橋姫巻・⑤一六三―五頁）。薫は自らの出生の秘密を知り、「げに落ち散りたらましよとうしろめたう」（橋姫巻・⑤一六五頁）と、その恐ろしさを身をもって知ったはずである。

椎本巻では、匂宮と宇治の中の君との交流が注目できる。薫から宇治の女君たちの噂を聞き心惹かれた匂宮は、初瀬詣の帰りに宇治に中宿りをし、対岸に住む宇治の八の宮や中の君と贈答を交わす（椎本巻・⑤一七二―五頁）。その後、匂宮から常に手紙があり、八の宮の勧めもあって、中の君がその相手を勤めた（椎本巻・⑤一七五、一八四頁）。八の宮の死去後も匂宮からも弔問の使いがあり、傷心の中の君に代わって大君が返歌すると、匂宮は使いが帰京した翌早朝、再び返歌を贈る（椎本巻・⑤一九三―五頁）。その執心ぶりに匂宮周辺の女房が眉をひそめる様子は、第二部の女三の宮の乳母を彷彿とさせる。一方の薫の弔問に対する宇治からの返事は、よりねんごろであった（椎本巻・⑤一九六頁）。その後、薫や匂宮との交流のほか、阿闍梨との交流が宇治の姉妹の心の支えとなる（椎本巻・⑤二〇四―五、二一二―三頁、早蕨巻・⑤三四六―七頁）。椎本巻が匂宮の手紙に充ちている（椎本巻・⑤二一四頁など）のは、薫が直接の対面の機会を持つのに対し、匂宮が手紙による交流に尽きているからといえる。

総角巻では、父を亡くした大君・中の君と、薫や匂宮との手紙による交流が中軸となるが、それは必ずしも宇治と京との物理的距離に根ざしたものばかりではない。八の宮の一周忌近く、宇治を訪れた薫は大君と対面するが、薫の和歌は「書きて、見せたてまつりたまへれば」（総角巻・⑤二二四頁）と筆談である。関係が成立していない男女が対話する場合の常識ともいえるが、物語が取り立ててそれを明示して語る点には注目できる。常に人伝てであった夕霧と落葉の宮とのやりとりに相似し、その敢えて作られた距離は、逢いて逢わざる関係を物語るのにふさわしい、ということであろうか。薫と大君は一夜をともに過ごすが関係には到らず、翌朝の薫の文にも大君は人伝てに答える（総角巻・⑤二四二頁）。薫は喪明けの頃、再び宇治を訪れ、同じ邸内から対面を求める手紙を贈るが、大君から断りの手紙が来る（総角巻・⑤二四三頁）という具合に、二人の間の距離感が、手紙を媒介するという形によって明示される。忍び込んだ薫は、大君に去られて中の君と何事もなく一夜を過ごし、翌日の薫の手紙に大君は少し嬉しく思って返歌する（総角巻・⑤二五七―八頁）。空蟬・軒端荻の物語の変奏である。

薫は大君の決心を促すべく匂宮を手引きし、中の君と契りを交わした匂宮は、後朝の文を贈る。大君に促されて中の君は返歌するが、物語は匂宮の「書き馴れたまへる墨つきなどのことさらに艶なる」贈歌しか叙述しない（総角巻・⑤二六九―二七〇頁）。このあたり、匂宮の使いが返歌の遅さに苛立つ様子や仰々しい禄に困惑する様子など、端役たちの動きが活写される。三日目の夜、母明石中宮に諫められて宇治への訪問を困難と思った匂宮が、宮中の宿直所から宇治に手紙を贈ると、宇治の女たちは計り知れず失望するが、夜中近くの予期せぬ匂宮の来訪に喜んだ（総角巻・⑤二七六―九頁）。

しかし三日目を過ぎると「御文は、明くる日ごとに、あまた返りづつ」（総角巻・⑤二八五頁）あるものの来訪はない。匂宮は紅葉狩を口実に宇治を訪問するが、明石中宮の命で人々が集い、中の君には手紙を遣わすだけだった（総角巻・⑤二九四頁）。光源氏が大堰で冷泉帝からの使者に憚り明石の君に手紙も贈れなかった場面（松風巻・②四二一頁）と相似する。やがて匂宮の縁談の噂に大君は嘆き、匂宮の文に不実を感じ（総角巻・⑤三〇九―三一四頁）、衰弱して死去する。大君の死によって、匂宮は日頃の明石の中宮の戒めを破って宇治に泊まるが、中の君は心開かない。夕霧・落葉の宮物語が、薫と匂宮とに分化されて変奏されている。

早蕨巻、中の君は宇治に心を残しながらも二条院に入るが、匂宮は夕霧の六の君に時折手紙を遣わす（早蕨巻・⑤三六六頁）。宿木巻では、藤壺女御の遺児女二の宮と薫の結婚問題が生じ、匂宮も夕霧の六の君の婿にと望まれる。「二条院の対の御方」（宿木巻・⑤三八三頁）と呼ばれる中の君には紫の上の姿が揺曳し、薫と匂宮とに若菜上巻の情況が分化して引用される。夕霧邸に迎え取られようとするその日、匂宮は中の君と手紙を交わして二条院に立ち帰り（宿木巻・⑤四〇一頁）、容易に夕霧邸に行けない。とはいえ匂宮は、六の君に結婚第一夜の後朝の文を念入りに書く（宿木巻・⑤四〇六頁）。返歌は落葉の宮の代筆であり、中の君とともに見るのは

（宿木巻・⑤四一〇―一頁）、若菜上巻で光源氏が女三の宮の返歌を紫の上とともに見る箇所（若菜上巻・④七二頁）の引用といえよう。六の君と中の君との双方に情愛を抱く匂宮の有様が、手紙のやりとりによって明らかになる。

悲しんだ中の君は宇治を懐かしみ、薫と手紙を交わし合う（宿木巻・⑤四二一―三頁）。中の君は「陸奥国紙」、薫は「白き色紙のこはごはしき」にいずれも散文で記す。中の君を訪問した薫は、迫りはするものの懐妊と知って慕情を自制し、翌朝「うはべはけざやかなる立文」を贈る。中の君は散文で短く返事をする（宿木巻・⑤四三〇―一頁）。この薫と中の君の手紙の紙質や形式や文面の叙述は、二人の仲を疑った匂宮が密通の証拠の手紙を探す（宿木巻・⑤四三七頁）後続の展開と関わっている。もとより柏木物語の変奏だが、父の密通の証拠の手紙に学んだ薫には隙がない。薫との関係を疑った匂宮はかえって中の君に執着し、六の君に訪問できないと詫びる手紙を書く（宿木巻・⑤四三八頁）。「いつのほどに積もる御言の葉ならん」（宿木巻・⑤四三八頁）という中の君の女房たちは、「いつの間に積もる御言の葉にかあらむ」（若菜下巻・④二四七頁）と光源氏に陰口を叩いた女三の宮の女房たちと近似する。ただし引用関係は逆転している。

薫は中の君に情愛をこめた手紙を贈り（宿木巻・⑤四四三頁）、思い煩った中の君は異母妹の浮舟のことを薫に語る。宇治で弁の尼から浮舟の事を聞いた薫は弁に仲介を頼み、中の君には手紙を紅葉とともに贈る（宿木巻・⑤四六三―四頁）。賢木巻で光源氏が雲林院の紅葉を藤壺に贈った件（賢木巻・②一二二頁）に似るが、かつての光源氏と異なり、薫は散文のみの文面で和歌を結び付けなどしない。中の君は「事なきをうれし」と思い、匂宮の目前で儀礼的な散文の返事をする（宿木巻・⑤四六三―四頁）。中の君と薫との文はみな散文であり、その薫の思慮ゆえに中の君の危機は回避されることになる。やがて薫は女二の宮と結婚、薫の母女三の宮のもとに、今上帝から女二の宮の件で格別の依頼が来る（宿木巻・⑤四七七頁）。今上帝と女三の宮とは兄妹で、かつて朱雀院が紫の上に依頼した手紙（若菜上巻・④七五―六頁）を思わせるが、女三の宮がかつての父朱雀院の苦悩を想像できたかどうかについては、物語は言及しない。

東屋巻、左近少将との結婚が破談となった浮舟の身を案じた母中将の君は、中の君に手紙を贈って浮舟の庇護を依頼し（東屋巻・⑥三九頁）、ここから宇治の物語の最後の情況が拓かれる。中将の君の手紙は総じて長い散文であることが特徴的である。中の君のもとに参上した浮舟は匂宮に迫られ、三条の家に隠れた。ここにまでも母の手紙が遣わされて贈答する（東屋巻・⑥八三―四頁）など、浮舟と中将の君の母娘の間には多くの手紙が交わされる。やがて宇治を訪れた薫は、弁の尼に浮舟への消息を依頼する（東屋巻・⑥八五―八頁）。薫からの手紙を求める弁の尼に、右大将が常陸守の娘に言い寄ったとの評判は避けたい、といって応じないあたりにも、薫の周到さが現れている。薫は三条の家を訪れ、翌朝浮舟を宇治に連れ出し、宇治から京の母女三の宮と正妻の女二の宮に手紙を書いた（東屋巻・⑥九七―八頁）。和歌を伴ったはずだが、叙述されるのは散文の手紙のみである。

浮舟巻では、手紙はより劇的な展開を導く。匂宮が浮舟の所在を知るのも、薫が浮舟の不貞を知るのも、手紙によるもので、しかも文使いの端役たちの動きがそれを効果的にする。薫に宇治に放置されたままの浮舟から、中の君に手紙が遣わされた。小松に鬚籠を付けたものに添えてあり、表向きは中の君の女房大輔のおとどに宛てた「すくすくしき立文」だが、取次ぎの童の思慮のなさから、匂宮の前で差し出される。それを、薫と中の君の関係を疑う匂宮が、取り上げた。浮舟の女房右近の散文の文に不審を抱く匂宮は、卯槌や作り物の山橘の実に目をやって、そこに付けてあった和歌を見て浮舟かと疑い、中の君に返歌を促す（浮舟巻・⑥一〇九―一一三頁）。中の君の鍾愛する童の失態だった。先の宿木巻の紅葉に付けた薫の手紙も「何心なく持てまゐりたる」（宿木巻・⑤四六三頁）取次ぎの失態から、匂宮に見られたことを考え合わせれば、中の君周辺の女房集団の綻びが察せられるところである。

こうして匂宮は浮舟の所在を知り、宇治を訪れ、薫を装って浮舟と関係を持った。右近は、石山詣のための中将の君からの迎えに対し、月経と偽って断る散文の手紙を書く（浮舟巻・⑥一三一頁）。匂宮は手習や絵を描いては浮舟に見せてその心を摑み（浮舟巻・⑥一三二―三頁）、帰京後も浮舟に手紙を遣わす（浮舟巻・⑥一四一頁）が、薫も宇治を訪れて以前より浮舟に心惹かれる。浮舟に心を馳せる薫の様子に焦慮した匂宮は、再び宇治を訪れ、小舟に乗って浮舟を対岸に連れ出し、手習の贈答を交わし（浮舟巻・⑥一五四頁）、濃密な時間を過ごす。

その後、匂宮と薫との手紙の双方が、比べ見る浮舟の視点から叙述されるところが特徴的で、須磨巻の光源氏と京の女たちとの交信を思い出させる叙法である。（a）浮舟は「小さく結びなし」（浮舟巻・⑥一六〇頁）の薫の手紙を見比べる。匂宮のものは和歌のみが叙述され（浮舟巻・⑥一五九―一六〇頁）た匂宮の手紙と、「白き色紙にて立文」（浮舟巻・⑥一五七頁）、薫のものは散文の「はしがき」として和歌が添えてある形で叙述される（浮舟巻・⑥一五九頁）。宿木巻の中の君宛の薫の文が散文のみだったことと比較したいところである。（b）浮舟は、まず は匂宮への返事をと勧める侍従に、今日は書けないと答えて手習を書く（浮舟巻・⑥一六〇頁）。返事はそれぞれを受け取った男の視点から匂宮への返歌、薫への返歌の順に叙述される（浮舟巻・⑥一六〇―一頁）。このように、女の視点から男の手紙が比較して叙述される点では、玉鬘の物語が先蹤としてあったが、ここには統御する光源氏に相当する人物はもはやおらず、浮舟自身が右近と侍従という二人の女房の手を借りて対処するほかない。

その後、薫と匂宮の文使いは宇治で鉢合わせとなり、心聡い薫の随身は匂宮からの使者と探り当てて薫に報告する（浮舟巻・⑥一六九―一七三頁）。随身の報告は先方の使いの名から手紙の色まで詳細にわたり、薫は先程匂宮が手にしていた手紙が浮舟からのものと知る。このように宇治十帖では、密通の発覚にも文使いの端役たちが介在してくる。薫が浮舟に不貞を難詰する手紙を遣わすと、浮舟は「所違へ」と言い張って手紙をそのまま突き返すのだが、不審に思った右近が手紙を盗み読むことで、いよいよ浮舟は追い詰められる（浮舟巻・⑥一七六―八頁）。浮舟を監視し消息を遣さなくなった薫の態度に浮舟は死を決意し、匂宮と交わした手紙などを焼いたり流したりして処分する。幻巻の変奏である（幻巻・④五四六―八頁）。侍従は真意を察せず、大事な手紙を処分すると咎める（浮舟巻・⑥一八五―六頁）。浮舟は必ず迎えに来るという匂宮の手紙に顔を押し当てて泣き（浮舟巻・⑥一八六―七頁）、匂宮は宇治を訪れるが警戒厳重で浮舟に会えず、侍従に手紙を託す（浮舟巻・⑥一八八―一九二頁）。浮舟は、昨夜会えなかった匂宮に心を残し、人目を憚ってただ和歌のみを遺す。母中将の君からの長い散文の文にも、二首の和歌のみを遺し、薫には何も遺さず死に向かう（浮舟巻・⑥一九四―六頁）。

浮舟の二人への手紙は、次の蜻蛉巻に引き受けられる。突然の浮舟の失踪に宇治の人々が動揺する中、京の中将の君から再び手紙が届く。右近たちは昨夜の浮舟の手紙を併せて読み、浮舟の身の異変を確信した（蜻蛉巻・⑥二〇一―二頁）。匂宮からも手紙が届き、使いが匂宮に事態を報告した（蜻蛉巻・⑥二〇三頁）。匂宮は浮舟の遺した「からをだにうき世の中にとどめずはいづこをはかと君もうらみむ」（浮舟巻・⑥一九四頁）との和歌によっても「昨日の返り事はさりげもなくて、常よりもをかしげなりしものを」（蜻蛉巻・⑥二〇三頁）と、何も察知できない。薫は、浮舟を悼んで匂宮と和歌を交わし合う（蜻蛉巻・⑥二二三頁）。残された侍従らは、浮舟が手紙の処分をした折に察せられなかったことを悔やむ（蜻蛉巻・⑥二二八頁）。薫は、中将の君にねんごろな弔問を遣わし、中将の君もそれに答える。ともに長い散文の手紙である（蜻蛉巻・⑥二三八—二四〇頁）。常陸守は中将の君に薫からの手紙を見せられ、事態を知って泣く（蜻蛉巻・⑥二四二頁）。京での薫は、小宰相の君と情を交わし（蜻蛉巻・⑥二四五—六頁）、女一の宮に憧れて妻の女二の宮に文通させるなど（蜻蛉巻・⑥二五三頁）、別の相貌を見せる。

手習巻、浮舟は横川の僧都に助けられ、その妹尼の手紙で招かれた僧都の力によって、意識を回復する（手習巻・⑥二九二頁）。やがて、妹尼の娘婿の中将が浮舟に懸想して和歌を書いて贈る。妹尼が返歌し浮舟との関係を願うが（手習巻・⑥三一一—八、三二一頁）、浮舟は手習に明け暮れるのみで、時には妹尼は浮舟の手習に返歌する（手習巻・⑥三二四頁）。浮舟は、明石の中宮に招かれて下山した僧都と対面、「法師は、そのこととなくて御文聞こえうけたまはらむも便なければ」と語る僧都に（手習巻・⑥三三五頁）強く願って出家を果たす。この出家者の手紙への見解は、第二部の朱雀院のあり方をも照射する。出家後の浮舟は手習のみを心の支えとし、中将の贈歌に添えた手習は、少将の尼の手から中将に渡される（手習巻・⑥三四一—二頁）。妹尼と贈答を交わすなど（手習巻・⑥三五五頁）浮舟が静かに過ごす小野の地に大尼の孫の紀伊守が訪れ、浮舟の失踪後、薫が柱に和歌を書き付けたことを語ると、耳にした浮舟は感無量である（手習巻・⑥三五八―三六〇頁）。僧都から浮舟らしき女の消息を伝え聞いた明石の中宮を通して、薫は浮舟の消息を知ることになる。

夢浮橋巻、僧都に浮舟発見から今日までの一部始終を聞いた薫は、再び浮舟に接触を試みる。薫は、僧都に「御文一行賜へ」（夢浮橋巻・⑥三八〇頁）と願い、僧都は薫の求めに応じて手紙を書き、浮舟の弟の小君に与えた（夢浮橋巻・⑥三八二頁）。僧都からの手紙があり、妹尼は浮舟と薫のただならぬ仲を察する（夢浮橋巻・⑥三八五頁）。まもなく小君が浮舟宛の僧都の手紙を持参した（夢浮橋巻・⑥三八五―七頁）。その文面を、還俗の勧奨と見るかどうか解釈が分かれるところである。小君は薫から預かった浮舟宛の手紙をも尼君に渡すが、浮舟は人違いとして応じず（夢浮橋巻・⑥三九〇―三頁）、物語は幕を閉じる。かつて不貞をなじる薫の文を「所違へのやうに見えはべればなむ」（浮舟巻・⑥一七七頁）とつき返した浮舟は、ここでも薫の文に「所違へにもあらむに、いとかたはらいたかるべし」（夢浮橋巻・⑥三九三頁）と妹尼に答える。この酷似する反応は、浮舟の無意識裡に発した最後の伝言と言えなくもない。しかし、それは妹尼のうちに留まり、小君を介して薫に伝わることはなかった。

宇治十帖においては、それが宇治と京とを往復する薫や匂宮の物語であるだけに、その物理的距離ゆえに手紙はきわめて重要に機能した。次第に、手紙を中継する端役たちの粗忽や知恵が、手紙の書き手の意思とは別の動きをし始め、思いがけない展開を導く。匂宮が浮舟の居所を知るのも、薫が匂宮と浮舟の関係を知るのも手紙をきっかけとするもので、しかも、柏木の密通発覚のように手紙それ自体の発見によるのでなく、端役たちの動きによって露見し、物語の展開を大きく変えた。それは、端役たちを統御しきれない主人公格の人物の姿を照射することにもなる。同時に、柏木と女三の宮との間に交わされた手紙が時空を越えて薫の手に渡ることは、出生の秘密が薫に伝わったにとどまらず、薫の生を規制した。出生の秘密の隠蔽ゆえもあって（橋姫巻・⑤一六三頁）宇治の女君たちへの執着は持続し、また、薫の手紙に思慮ないしは保身による抑制の意識をもたらしたとおぼしい。そしてまた、薫と大君の対話や浮舟と妹尼の対話など、筆談もしくは手習への返歌といった交信の形が顕著にふえ、もはや物理的距離すらなくとも直接の対話が困難な関係が重ねて描かれる。それは、娘のことをあれほど心配し、繰り返し饒舌な散文の手紙を贈る中将の君が、少しも娘の懊悩に近づけないこととも相関する。散文による手紙が増えることは、和歌による共感関係が不能となる世界であることを物語ってもいよう。物語は求心性を失い、次第に人と人との心の疎通の不可能性を諦念していくかのようである。

おわりに

第一部、初期の光源氏の物語においては、手紙は光源氏と女君ないしはその周辺との間で一対一対応的に交わされた。手紙の対象は巻ごとに統一性を保ち、それぞれの女たちとの関係の質が手紙のやりとりの呼吸によって描き分けられ、各々が相対化された。

葵巻以降は、並行して進行する複数の女君たちとの手紙による交渉が、同時的に相対的に位置付けられた。須磨・明石と京といった、時空を越えた人間関係の紐帯が手紙によって確かめられるのも特徴的で、そこには必然的に和歌が要請された。叙述される手紙が作中の現実のすべてではなく、選び取られ切り出された世界であることも明らかとなった。

少女巻以降、藤裏葉巻までの物語では、光源氏以外の作中人物同士が交わす手紙が顕著に多くなる。その多くは、夕霧と雲居雁の物語と、玉鬘求婚譚に関わる手紙であるが、それらは書き手や受け手の人物批評の対象となると同時に、第三者の眼、最終的には光源氏の眼によって検分されることで、作中の人物間の相対的な力学が表し出されてくる。

第二部では、手紙は、単なる人物評価や求愛と拒絶の駆け引きといった単純さとは無縁になり、人と人との間の意思の疎通の可能性と不可能性が探求されていく。柏木の密通発覚や御息所を死に到らしめる手紙の伝達上の齟齬など、劇的な場面を形成するのも特徴の一つである。既出の場面の変奏が随所に見出せるようになるのも特徴的であった。

さらに、宇治十帖では、時間を越えて薫の出生の秘密が手紙によって伝えられ、薫の生き方を規制した。かつ、宇治と京との物理的距離ゆえに手紙はきわめて重要に機能し、次第に手紙を中継する端役たちの役割が大きく関与し始め、それは、端役たちを統御しきれない主人公格の人物の姿を照射することにもなった。筆談や手習による対話が増え、散文による手紙が頻出するなど、和歌による共感関係が不能となり、求心性の欠如が明らかとなっていく。

手紙に注目して物語を辿ると、物語内引用が累積され、周到な連鎖が積み重ねられ、次第にそこに賦与される役割が深化していく様が確認できる。だとすれば、物語の手紙を当時の優美な風俗の反映だとするのでは単純すぎるであろう。あくまで作中の人間関係や物語展開との相関において手紙の機能を理解するほかないと思われる。

〔注〕

（1）久曽神昇「源氏物語の書状」（『源氏物語と和歌　研究と資料　古代文学論叢第四輯』武蔵野書院、一九七四年）

（2）田中仁「源氏物語の手紙——数と形と——」（『親和女子大学研究論叢』二一、一九八八年二

月）

（3）島内景二「『無名草子』――物語批評の随筆」（『国文学　解釈と鑑賞』一九九四年五月）、高木和子「国宝「源氏物語絵巻」と『無名草子』」（初出二〇〇〇年十一月、『源氏物語の思考』風間書房、二〇〇二年）

（4）伊藤慎吾「消息考」（『風俗上よりみたる源氏物語描写時代の研究』風間書房、一九六八年）、小松茂美『手紙の歴史』（岩波新書、一九七六年）、尾崎左永子『源氏の恋文』（求龍堂、一九八四年）

（5）注（1）久曽神昇論文、注（2）田中仁論文。そのほか田中仁「色々の紙の手紙――『源氏物語』における――」（『親和国文』二二、一九八七年十二月）、「「書きつく」の意味――宇津保物語を主な資料として――」（『長谷川孝士教授退官記念論文集　言語表現の研究と教育』三省堂、一九九一年）、「源氏物語の手紙」（『源氏物語講座　第七巻　美の世界・雅びの継承』勉誠社、一九九二年）、「宇津保物語の手紙――その形――」（『古典文学論注』一、一九九〇年七月）

（6）西窪君子「源氏物語に於ける手紙文　宇治十帖、薫と匂宮の手紙文」（『国文学研究会報（愛媛大学）』三〇、一九六八年六月）、大門君子「源氏物語の手紙文――手紙文に見る紫上――」（『愛媛国文研究』三八、一九八八年十二月）、「源氏物語の手紙文――手紙文に見る藤壺――」（『愛媛国文研究』四〇、一九九〇年十二月）、「源氏物語の手紙文――手紙文に見る明石上――」（『愛媛国文研究』四二、一九九二年十二月）、「源氏物語の手紙文――手紙文に見る六条御息所――」（『愛媛国文研究』四五、一九九五年十二月）

（7）伊原昭「墨蹟の光輝の発見――源氏物語における――」「色紙と文付枝の配色――特に源氏物

語について――」（『平安朝文学の色相――特に散文作品を中心として――』笠間書院、一九六七年）、大江佳男「源氏物語の手紙（1）――わたしの書き抜き――」（『国文学報（尾道短期大学）』四、一九六一年三月）、洲崎佳美「消息における文付枝と紙の配色について」（『文化史研究支援「源氏物語」語彙データベース報告書　第1集（弘前大学）』（一九九〇年二月）、坪井暢子「源氏物語の消息文に関する一考察」（『人間文化研究年報（お茶の水女子大学）』一五、一九九二年三月）、「源氏物語における陸奥紙について――物語中の消息文に関する研究の一環として――」（『人間文化研究年報』一六、一九九三年三月）、「源氏物語の消息文について――形を中心に――」（『人間文化研究年報』一七、一九九四年三月）、「『空の色』『空色』について――『源氏物語』の消息文の料紙の研究――」（『岡大国文論稿』三〇、二〇〇二年三月）、「源氏物語における白い色紙について」（『岡大国文論稿』三一、二〇〇三年三月）、富田富貴雄「『源氏物語』に見られる料紙について――陸奥紙・紙屋紙・唐の紙・高麗の紙――」（『岡山大学国語研究』一〇、一九九六年三月）

（8）大西善明「源氏物語における「侍り」「給ふ」の用法について（消息文と会話文とにおける使用例の比較）」（『平安文学研究』一八、一九五六年五月）、池田和臣「源氏物語の文体形成――仮名消息と仮名文の表記――」（『国語と国文学』二〇〇二年二月）

（9）林田孝和「朱雀院の手紙――源氏物語の精神史――」（『物語文学論究』七、一九八三年三月）、福田孝「手紙の機能」（『源氏物語のディスクール』白馬書房、一九九〇年）、山田史子「源氏物語における手紙の位相」（『玉藻』三一、一九九六年三月）、吉見健夫「源氏物語の文の贈答歌――歌を書くことの文化と物語の方法――」（『叢書　想像する平安文学　第8巻　音声と書くこ

と』勉誠出版、二〇〇一年）

（10）『源氏物語』の音楽論としては、山田孝雄、中川正美、上原作和、森野正弘、利沢麻美らの成果がある。

（11）高木和子「光源氏論」（注（3）書第Ⅲ部）に示した。

（12）注（2）田中仁論文。

（13）『旺文社古語辞典　第八版』（旺文社、一九九四年）は「恋」の語を、「自分の求める人や事物が自分の手中にある時は「恋」の思いとならず、手中にしたいという思いのかなえられず、強くそれを願う気持ちが恋なのである」と解する。

（14）鈴木日出男「『源氏物語』の構造」（初出一九八七年、『源氏物語虚構論』東京大学出版会、二〇〇三年）は、第一部における光源氏と女君の関係を、放射状に構成されていて女君が相互に関わることのない人間関係とし、第二部におけるそれを相互に関わりあう相対関係と位置付ける。

（15）河添房江「『蜻蛉日記』、女歌の世界」（初出一九九五年十一月、『性と文化の源氏物語　書く女の誕生』筑摩書房、一九九八年）。なお、葵巻の六条御息所の造型の先蹤として『蜻蛉日記』における道綱母を見る論としては、高田祐彦「道綱母から六条御息所へ――かな日記と源氏物語――」（初出一九九八年十一月、『源氏物語の文学史』東京大学出版会、二〇〇三年）がある。

（16）田中仁、注（5）論文「源氏物語の手紙」（一九九二年）

（17）高田信敬「宮のあひだの事――光源氏の手紙――」（『むらさき』三六、一九九九年十二月）

（18）手習の機能については、山田利博「源氏物語における手習歌――その方法的深化について――」（『中古文学』三七、一九八六年六月）、吉野瑞恵「浮舟と手習――存在とことば――」

（『むらさき』二四、一九八七年七月）、高木和子「空蟬巻の巻末歌」（初出二〇〇一年五月、注（3）書）など。
(19) 高木和子「玉鬘十帖論」（初出一九九七年九月、注（3）書）
(20) 高木和子「柏木物語の照らしだすもの」（初出一九九八年五月、注（3）書）
(21) 河添房江「源氏物語の内なる竹取物語」（初出一九八四年七月、『源氏物語表現史　喩と王権の位相』翰林書房、一九九八年）

〔付〕なお初出後、陣野英則「『源氏物語』の言葉と手紙」（『文学』二〇〇六年九・十月）が出され、今日的な問題意識が提示されている。

初出一覧

第Ⅰ部　代作歌の方法

第一章　光源氏の女君の最初の歌

原題「光源氏の女君たちの最初の歌——代作される女君たち、自ら歌う女君たち——」（『日本文藝研究（関西学院大学日本文学会）』第五十四巻第四号、二〇〇三年三月）。全体に加筆修正した。

第二章　源氏物語における代作歌

原題「『源氏物語』における代作の方法」（『国際学術シンポジウム　源氏物語と和歌世界』新典社、二〇〇六年）。若干の加筆修正をした。

第Ⅱ部　贈答歌の方法

第三章　女から歌を詠むのは異例か——和泉式部日記の贈答歌——

原題「『和泉式部日記』の物語的虚構化の方法」（『日本文藝研究』第五十六巻第三号、二〇

○四年十二月)。全体に加筆修正した。

第四章　贈答歌の作法——伊勢物語の贈答歌——

原題「伊勢物語の贈答歌」(『日本文藝研究』第五十七巻第二号、二〇〇五年九月)。全体に加筆修正をした。

第五章　描かれざる歌——源氏物語の贈答歌——

「女からの贈歌」(『むらさき』第四二輯、武蔵野書院、二〇〇五年十二月)を吸収して、書き下ろした。

第Ⅲ部　手紙の方法

第六章　手紙から読む源氏物語

原題「手紙から読む源氏物語」(『古代中世文学論考　第十一集』新典社、二〇〇四年)。若干の加筆修正をした。

あとがき

どのように他者と意思を伝え合うか――、平安朝の人々には容易に読み取れたはずの、暗黙の了解や呼吸を少しでも感じたい、という思いから出発した。和歌はどんな折に詠むものか、なぜ他者の代わりに歌を詠むのか、女から歌を詠むのは異例のことなのか、贈歌と返歌の呼吸はいかに読み取れるのか、手紙はどんな風に贈られるものなのか……。とはいえ、作品の中に見出せるのは、もとより当時の現実の風俗そのものではあるまい。それぞれの作品において方法化されて切り取られた世界のみが、私たちの前に現れる。どこまでが当時の現実で、どこからが作品の虚構なのか、その見えない境界を見定めることは、文学研究の永遠の課題でもある。

この数年間、試行錯誤を重ねて考えてきたことを、とりあえず一書にまとめてみることにした。この延長上に考えたいことは数知れず残っているが、ともすれば身勝手な考えに陥りがちであるために、一度きちんと批判を受けたいと思った。細部の詰めの甘さは自覚している。考えが行きつ戻りつしているために、重複も多い。批正を乞う。

本書の出版は、遅れに遅れてしまった。長い間、変わらぬ寛容さで励まして下さり、出版を許して下さった青簡舎の大貫祥子氏に、心より御礼申し上げたい。編集に際しては、青簡舎の川勝美知氏にも大変お世話になった。そして、常に変わらず私を支えてくれる両親に、心から感謝する。

二〇〇八年春

高木和子

か行

さ行

初句索引

書 名 索 引

高木　和子（たかぎ　かずこ）

1964年、兵庫県出身。1998年、東京大学大学院博士課程修了、博士（文学）。現在、関西学院大学文学部教授。著書『源氏物語の思考』（風間書房、2002、第五回紫式部学術賞受賞）。瀬戸内寂聴訳『源氏物語』（講談社、1996〜1998）年立・語句解釈担当。

女から詠む歌　源氏物語の贈答歌

二〇〇八年五月一〇日　初版第一刷発行

著　者　高木和子

発行者　大貫祥子

発行所　株式会社青簡舎

〒一〇一-〇〇五一

東京都千代田区神田神保町一-二七

電　話　〇三-五二一八三-二二六七

振　替　〇〇一七〇-九-四六五四五二

印刷・製本　株式会社太平印刷社

ISBN978-4-903996-05-9　C1092